QUATRO
LEITURAS
TALMÚDICAS

Coleção ELOS
Dirigida por J. Guinsburg

Equipe de Realização – Tradução: Fábio Landa com a colaboração de Eva Landa •
Revisão técnica: Nanci Fernandes • Revisão de provas: Raquel Fernandes Abranches
• Logotipo da coleção: A. Lizárraga • Projeto gráfico: Adriana Garcia • Produção:
Ricardo W. Neves, Sergio Kon e Lia N. Marques.

EMMANUEL LEVINAS

QUATRO LEITURAS TALMÚDICAS

PERSPECTIVA

Título do original francês
Quatre Lectures Talmudiques
Copyright © 1968 by Les Éditions de Minuit

CIP-Brasil. Catalogação na Fonte
Sindicato Nacional dos Editores de Livros, RJ

L645q

    Levinas, Emmanuel, 1906-1995
    Quatro leituras talmúdicas / Emmanuel Levinas ;
[tradução Fábio Landa, Eva Landa]. -- 1. ed., reimpr. -- São
Paulo : Perspectiva, 2017.
    184 p. ; 18 cm. (Elos ; 51)

    Tradução de: Quatre lectures talmudiques
ISBN: 9788527303255

    1. Judaísmo. 2. Filosofia judaica. I. Landa, Fábio. II.
Landa, Eva. III. Título IV. Série.

17-39802
                             CDD: 296
                             CDU: 26

15/02/2017   15/02/2017

[PPD]

Direitos reservados em língua portuguesa à

EDITORA PERSPECTIVA LTDA.

Av. Brigadeiro Luís Antônio, 3025
01401-000 São Paulo SP Brasil
Telefax: (11) 3885-8388
www.editoraperspectiva.com.br

2017

A Jules Braunschvig
que soube, com amor, receber,
celebrar e transmitir

SUMÁRIO

Introdução 11

Primeira Lição – *Ioma:* Com Respeito ao Outro 27

Segunda Lição – *Schabat:* A Tentação da Tentação 57

Terceira Lição – *Sota:* Terra Prometida
e Terra Permitida 93

Quarta Lição – *Sanedrin:* Velho como o Mundo? 125

As Lições de Quatro Lições – *Tamara Landa* 155

INTRODUÇÃO

As quatro lições talmúdicas reunidas neste volume representam o texto de conferências proferidas, de 1963 a 1966, nos colóquios de intelectuais judeus que a seção francesa do Congresso Mundial Judaico organiza todos os anos, desde 1957, em Paris. A reprodução de cada uma dessas lições é precedida pela tradução do texto talmúdico que ela comenta[1].

Reconhecer-se-á nos temas dessas conferências problemas de caráter geral: o perdão do crime irremissível; a importância da disponibilidade ilimitada, sem envolvimento em relação a quem quer que seja; a violência da criação política; a relação entre a justiça e a moralidade privada. A interrogação dos

---

1. Reproduzimos em nosso livro, que apareceu sob o título de *Difficile liberté* (Difícil Liberdade), em 1963, na Editora Albin Michel, duas outras lições talmúdicas de 1961 e de 1962 (pp. 81-131), que já haviam sido publicadas nos dois volumes das atas dos colóquios *Conscience juive* (Consciência Judaica) e *Face à l'histoire* (Face à História), na P.U.F. A primeira das lições que aparece aqui já foi publicada na segunda destas compilações. A publicação destas lições nas atas dos colóquios foi seguida por discussões que elas proporcionaram no evento.

textos talmúdicos haverá de ter permitido, nós o esperamos, uma transposição desses temas para além da atualidade efêmera na qual eles nos dizem respeito, bem como a confrontação da sabedoria talmúdica com as outras fontes de sabedoria que o judeu ocidental reconhece. A terceira lição, na qual se trata da questão do nascimento do Estado, é anterior em dois anos às discussões suscitadas mundialmente pela Guerra dos Seis Dias que o Estado de Israel foi impelido a ganhar em junho de 1967.

O programa dos colóquios de intelectuais judeus previa sempre uma lição talmúdica – ao lado de uma lição bíblica – vinculada ao tema geral proposto a seus membros. Da mesma forma que o pensamento dos organizadores, este estudo comentado de um texto talmúdico não deveria revestir-se do caráter de exercício religioso – tal como uma meditação ou uma homilia se inserindo numa liturgia. Isto teria sido, aliás, contrário à essência real do *Talmud* que o intelectual tem o dever de pesquisar.

O *Talmud* é a transcrição da tradição oral de Israel. Ele rege tanto a vida quotidana e ritual quanto o pensamento – incluindo a exegese das Escrituras – dos judeus ao professarem o judaísmo. Distinguem-se nele dois níveis: aquele em que estão consignados, em hebraico, o dizer dos doutores chamados *Tanaim**, selecionados por Rabi Iehudá Hanassi, que os fixou por escrito

---

* *Tanaim* é uma palavra derivada da raiz aramaica *teni*, que significa "ensinar", "transmitir oralmente". *Tanaim* são os rabinos dos séculos I e II, da época de Hillel até a redação da *Mischná*. A obra principal dos tanaim consistiu em compilar as regras éticas e as leis rituais, reunidas num código chamado Mischná, com o intuito de salvaguardar a unidade do povo judeu, gravemente comprometida pela perda de sua independência nacional e de seu centro religioso e político. A coleção de regras e leis começa em Iavné com Rabi Iohanan ben Zakai, após a destruição do Segundo Templo, e prossegue por cinco gerações de *Tanaim* até a escrita da forma final, estabelecida por Iehudá Hanassi (segundo Sed-Rajna, G. *Tanaïm in Dictionnaire de Judaïsme*, Paris, Albin Michel, 1998, p. 792). (N. do T.)

no final do século II da era vulgar, sob o nome de *Mischná*[2]; os *Tanaim* tiveram certamente contato com o pensamento grego. A *Mischná* se torna o objeto de novas discussões conduzidas frequentemente em aramaico pelos doutores chamados *Amoraim** que, em seu ensinamento, utilizam, sobretudo, os dizeres dos *Tanaim* que Rabi Iehudá Hanassi não havia incluído na *Mischná*. Esses dizeres "deixados de fora", chamados Beraitot, são confrontados com a *Mischná,* servindo para esclarecê-la. Eles desvendam nela novos horizontes. A obra dos *Amoraim* se fixa, por sua vez, por escrito por volta do século V e recebe o nome de *Guemará*. As seções da *Mischná* e da *Guemará,* apresentadas conjuntamente, uma como tema a ser comentado pela outra, nas edições correntes revestidas de comentários mais recentes de Raschi**

---

2. O hebraico da *Mischná* – diferente em sua estrutura do hebraico do Antigo Testamento – é uma das fontes principais do hebraico moderno.

* *Amoraim,* plural de *amora,* da raiz aramaica *amar* (falar, explicar, interpretar), designa os doutores eruditos do judaísmo em atividade desde o período de finalização da *Mischná* (por volta do final do século II) até a finalização do *Talmud* de Jerusalém e do *Talmud* da Babilônia (fim do século IV e do século V) (segundo Garel, M. *Amoraïm in Dictionnaire du Judaïsme*, Paris, Albin Michel, 1998, p. 34). (N. do T.)

** Raschi (Salomon ben Isaac) (1040-1105) nasceu em Troyes, na região da Champagne, na França, onde viveu a maior parte de sua vida. A reputação de Raschi repousa sobre seus comentários da Bíblia e do *Talmud*. Em seu trabalho sobre a Bíblia, Raschi se fixa um objetivo simples: dar o sentido óbvio – *peschat* – do texto. Seu estilo é claro e conciso e seu hebraico, simples. Sua familiaridade com as tarefas cotidianas de um fazendeiro, de um artesão ou de um comerciante o tornava capaz de fazer acompanhar suas explicações por comentários inesperados a fim de esclarecer o sentido do texto para seus discípulos. Cada vez que julgava útil, Raschi fornecia em uma transliteração hebraica o equivalente, em francês, de uma palavra hebraica difícil. Em sua busca de precisão, Raschi naturalmente estendeu suas investigações à gramática hebraica. Seu comentário contém, assim, numerosas notas que constituem uma primeira contribuição preciosa à e dos tossafistas***, constituem o *Talmud*.

O *Talmud* comporta duas versões paralelas: uma representando o trabalho das academias rabínicas da Palestina, o *Talmud* de Jerusalém; a outra, posterior em cerca de um século mais ou menos, o *Talmud* da Babilônia, consigna a atividade das academias afamadíssimas que se instalaram na Mesopotâmia. As passagens comentadas a seguir são todas do *Talmud* babilônico. Os textos talmúdicos podem, por outro lado, se classificar sob duas rubricas: *Halakhá* e *Hagadá* (pertencendo eventualmente a uma ou a outra).

A *Halakhá* reúne os elementos que, aparentemente, só dizem respeito às regras da vida ritual, social e econômica, bem como ao estatuto pessoal dos fiéis. Todas essas regras têm, na verdade,

---

gramática do hebraico. O principal traço metodológico de Raschi é a utilização dos procedimentos de *peschat* e de *derasch*; o primeiro se define como o sentido óbvio, o segundo tenta encontrar um sentido mais profundo para ilustrar uma lei ou uma posição ética. (Segundo Wigoder, G. (org.). *Dictionnaire Encyclopédique du Judaïsme*, Paris, Cerf, 1996, p. 854). (N. do T.)

*** A concepção das *tossafot* (acréscimos, complementos) está ligada ao método de estudo característico das escolas francesa e alemã dos séculos XII a XIV. A origem desta produção se enraíza na geração dos discípulos de Raschi que se engajaram em aprofundar e aumentar os comentários talmúdicos de Raschi. A escola dos tossafistas começou com os dois genros de Raschi, Rabi Meir ben Samuel e Iehudá ben Nathan, e o mais ilustre dentre eles foi o filho do Rabi Meir, Rabeinu Tam. Esse movimento se desenvolveu rapidamente e se tornou a corrente dominante que moldou o ensino dos séculos posteriores, desde a França e a Alemanha até a Espanha, a partir da época de Naschmanide. A influência do conjunto das tossafot sobre o ensino e o estudo no mundo judeu são inestimáveis. Assim, quando se fala de uma "página" da *Guemará*, faz-se referência invariavelmente ao texto inicial que ocupa o centro, bem como ao comentário de Raschi situado na margem interior, e às *tossafot* que preenchem a margem exterior formando assim a GaPaT (*Guemará, Perusch, Tossafot*) (segundo Wigoder, G. (org.). *Dictionnaire Encyclopédique du Judaïsme*, Paris, Cerf, 1996, p. 1025). (N. do T.)

um prolongamento filosófico freqüentemente dissimulado pelos problemas concernentes aos "atos a fazer" ou aos "atos a não fazer" que parecem interessar de imediato aos doutores.

É certo que, discutindo sobre o direito de consumir ou não consumir "um ovo botado num dia de festa", ou de receber as indenizações devidas a prejuízos causados por um "boi furioso", os sábios do *Talmud* não discutem nem sobre um ovo, nem sobre um boi mas, implicitamente, colocam em questão idéias fundamentais. É preciso, evidentemente, ter encontrado um autêntico mestre do *Talmud* para ter a certeza: passar desses problemas rituais – bastante importantes para a continuação do judaísmo – aos problemas filosóficos desde há muito tempo esquecidos pelos talmudistas atuais, exigiria efetivamente, hoje em dia, um esforço considerável, sendo que, na renovação que esperamos dos estudos nesse campo, é claro que não se poderia começar pelo fim.

Mas a "filosofia", ou o equivalente do que é a filosofia no pensamento grego, quer dizer, ocidental – se o *Talmud* não é a filosofia, seus tratados são uma fonte eminente dessas experiências das quais se nutrem os filósofos –, se apresenta no *Talmud* também sob a forma de apologias ou de adágios. São as passagens que se avizinham da *Halakhá* e que se chamam *Hagadá*. A *Hagadá* transmite um aspecto imediatamente menos severo para os profanos ou para os iniciantes, tendo a reputação – falsa em parte – de ser mais fácil. Ela tolera, em todo caso, interpretações em diversos níveis. Para nossas quatro lições, nos referimos quase exclusivamente à *Hagadá*.

Um texto talmúdico não pertence pois, absolutamente, aos "discursos edificantes", mesmo que esse gênero literário seja uma das formas que ele pode configurar quando degenera. Mas é possível reencontrar a configuração inicial de sua força, mesmo quando o texto é envolvido e edulcorado por pensamentos que se querem exclusivamente piedosos. Em si mesmo, o texto talmúdico é tanto combate intelectual quanto abertura audaciosa sobre as questões – mesmo as mais irritantes – às quais o comentador deve abrir caminho, sem se deixar enganar pela aparência de discussões bizantinas nas quais, de fato, se dissimula uma atenção exagerada ao real. Astutas, lacônicas em suas formulações irônicas ou secas, mas apaixonadas pelo possível, as páginas do *Talmud* consignam uma tradição oral e um ensinamento que se tornaram Escrituras por acidente, e neste sentido é importante reconstituir sua vida dialogada e polêmica em que os sentidos múltiplos – mas não arbitrários – se revelam e vibram em cada dizer[3]. Estas páginas buscam a contradição e esperam, do leitor liberado, a invenção e a audácia. Sem isto, qualquer argumentação que se eleve ao cume da abstração e do rigor não teria condições de aproximar-se de certas figuras lógicas da exegese que permanecem puramente convencionais. De que maneira procedimentos fantasistas – ainda que codificados –, que se supõem devam articular os dizeres dos doutores aos versículos bíblicos, podem equiparar-se a uma dialética soberana? Estas "fraquezas" não se explicam nem pela piedade dos autores, nem pela credulidade do público. Trata-se de movimentos apressados de espíritos hipercríticos que pensam rápido e que se dirigem a seus pares. Caminham por vias diferentes das que justificariam as extrapolações de doutores que recorrem à autoridade de uma letra revelada e buscada.

---

3. Não se ressuscita facilmente o diálogo com base no texto escrito. Ao menos conservamos em nosso comentário a forma do discurso falado que ocorria nos Colóquios, sem se eliminar as interpelações dirigidas a tal ou tal amigo ou interlocutor presente na sala.

Em nossos dias, evocar a liberdade e o não-dogmatismo na exegese é ou filiar-se ao método histórico ou entrar na análise estruturalista, quando se trata de um texto que se refere a dados religiosos e que se classifica imediatamente na literatura mítica. Ninguém pode recusar as luzes da história. Mas pensamos que elas não bastam para tudo. Tomamos o texto talmúdico e o judaísmo que aí se manifesta por seus ensinamentos e não pelo tecido mitógeno de suas sobrevivências. Nosso esforço consiste, pois, primeiro em lê-lo respeitando os seus dados e as suas convenções, sem mesclar à significação que decorre de sua conjuntura a questão que elas podem colocar para o historiador e para o filólogo. Os espectadores do teatro shakespeariano passavam todo o tempo a manifestar seu espírito crítico, exercitando-o ao pensar se lá onde o cartaz mostrava um palácio ou uma floresta, só se podiam enxergar tábuas nuas? Apenas posteriormente é que nos propusemos a traduzir a significação sugerida pelos dados do texto em linguagem moderna, quer dizer, em problemas que preocupam um homem instruído sobre fontes espirituais outras que não as do judaísmo e cuja confluência constitui a nossa civilização. Como o objetivo dominante de nossa exegese visa obter as perspectivas universais a partir do particularismo aparente em que nos encerram os dados extraídos daquilo que, impropriamente, se chama a história nacional de Israel. Explicamo-nos sobre essa regra de universalização ou de interiorização nas primeiras páginas das lições aqui reproduzidas[4]. Nosso procedimento parte da premissa de que as diversas épocas da história podem comunicar-se em torno de significações pensáveis, quaisquer que sejam as variações do material significante que as sugere. Tudo já foi pensado desde sempre? A resposta exige prudência.

---

4. Conforme também *Difficile liberté*, p. 95 e s. ; p. 114 e *passim*.

Tudo, pelo menos, foi pensado tendo como eixo o Mediterrâneo durante alguns séculos que precederam a nossa era ou os primeiros dela. A exegese que propomos é imprudente devido a esse postulado? Ela corre conscientemente o risco dessa imprudência. Talvez ela se apóie sobre uma imprudência ainda mais imprudente, à qual só nos resta continuarmos a nos expor, assumindo a permanência e a continuidade de Israel e a unidade dessa consciência de si através das épocas. No final das contas, a unidade de consciência de uma humanidade que se reinvindica fraternal e una através do tempo e do espaço – conceito sob o qual a história de Israel tinha se configurado – não impediu que a humanidade, a partir de então consciente de sua unidade, tenha se permitido colocar em questão a vocação de Israel e a sua universalidade concreta. O anti-semitismo – fenômeno único em seu gênero – não atesta a sua natureza translógica? Anti-semitismo imortal que, no momento em que a história judaica se quer também como terra, exatamente sobre a terra que o seu universalismo concreto contriubuiu para unir, faz com que a rigidez da alternativa nacional-universal se debilite, prolongando-se sob a forma de anti-sionismo.

Mas os significados ensinados pelos textos talmúdicos, cuja permanência gostaríamos de mostrar, são sugeridos pelos sinais cuja materialidade foi tomada das Escrituras, dos seus relatos, da sua legislação civil e ritual, da sua predicação, de todo um inventário de noções arquitestamentárias, como também de um certo número de eventos, de situações ou, mais genericamente, de marcos referenciais contemporâneos dos rabinos – ou dos doutores – que falam no *Talmud*. Apesar das variações de sentido que os elementos desse inventário significante possam ter sofrido através dos tempos, em que pese a contingência das circunstâncias nas quais esses sinais se instauraram e receberam seu poder sugestivo, não achamos que uma pesquisa puramente histórica baste ao esclarecimento desse simbolismo; muito menos nos pareceria aplicar-se, aqui, uma investigação formalista de tipo estruturalista.

É legítimo, efetivamente, distinguirmos no passado duas regiões: a que pertence decididamente à história, que só se torna inteligível depois de uma mediação erudita e crítica do historiador e que comporta inevitavelmente uma dimensão mítica, e a que pertence a uma época mais recente e se define pelo fato de estar ligada à atualidade e à compreensão da contemporaneidade de uma forma imediata[5].

Pode-se denominar este elo imediato de tradição viva e, através desta tradição viva, definir um passado que se dirá como moderno. Os relatos e os pensamentos bíblicos pertencem à primeira dessas regiões. Apenas a fé permite ter acesso a ela de maneira imediata. Os modernos que perderam esse acesso abordam-nos como mitos e são incapazes de extrair da mitologia os fatos e as figuras da Bíblia sem recorrer ao método histórico. Ora, a obra do *Talmud,* apesar de sua antiguidade, precisamente devido à continuidade do estudo talmúdico, pertence ainda, por mais paradoxal que isso possa parecer, à história moderna do judaísmo. Um diálogo se estabelece com ele diretamente. É aí, sem dúvida, que reside a originalidade do judaísmo: a existência de uma tradição ininterrupta, que se dá exatamente através da transmissão e do comentário dos textos talmúdicos, os comentários cavalgando os próprios comentários.

O *Talmud* não é um simples prolongamento da Bíblia. Ele se pretende uma segunda camada de significados: crítico e plenamente consciente, ele retoma os signifcados das Escrituras numa perspectiva espiritual racional. Os doutores do *Talmud,*

---

5. Conforme Gerhard Krueger: *Critique et morale chez Kant* (tradução francesa editada por Beauchesne), p. 26 e seguintes.

os Rabis, se dizem *Hakhamim*, outorgam-se uma autoridade *distinta* daquela dos profetas: nem inferior, nem superior. A palavra *Hakham* significa sábio, erudito, ou homem razoável? Seria o caso, aqui, de uma pesquisa filológica precisa. Pelo menos, os próprios talmudistas, referindo-se aos filósofos gregos, chamam-nos *Hakhmei Yavan, Hakhamim* da Grécia.

O que Ricoeur fala sobre a hermenêutica, em oposição à análise estruturalista – a qual não conviria à compreensão dos significados oriundos de fontes gregas e semíticas –, ocorre na interpretação dos textos talmúdicos. Nada se assemelha menos à estrutura do pensamento "selvagem". De forma alguma o *Talmud* prolonga o "feitio" da Bíblia, mesmo se se quisesse abordá-la de forma mítica. A Bíblia fornece os símbolos, porém o *Talmud* não "pretende realizar" a Bíblia no sentido em que o Novo Testamento pretende realizar e, dessa forma, prolongar o Antigo. Donde, no *Talmud,* verifica-se uma linguagem dialética, raciocinante e que relata o "mito bíblico" (ou aquilo que assim denominaríamos sob o ponto de vista de uma grosseria mais intelectual do que impia, desconhecendo a tradição talmúdica que o transmitiu para nós), agravando o seu relato, caso se possa dizer desta maneira, com uma certa dose de ironia e de provocação. Quaisquer que sejam as estruturas que, com bastante utilidade, possam ser extraídas da maneira talmúdica, seremos confrontados com aquelas estruturas que nenhum pensamento pode dispensar e, sem dúvida, mesmo no caso do pensamento dos adeptos do estruturalismo. Do ponto de vista formal, por fim, a utilização que o *Talmud* faz dos dados bíblicos, a fim de expor sua sabedoria, é bem diferente da "bricolagem" de que faria uso o pensamento selvagem: ele não recorre a fragmentos de algo que foi útil em outras situações, mas sim a sua plenitude concreta. O poder sugestivo não é recusado a nenhum dos aspectos do objeto-símbolo: da mesma maneira que o invólucro simbólico a modelar todas as suas formas é invisível a olho nu, é-se levado mesmo a confundir essa maneira de recorrer aos "versículos" com a idolatria da letra. Na realidade, o sentido literal, que é *inteiramente* significante, não é ainda o significado. Este precisa ser buscado. O simbolismo não compreende aqui os elementos convencionais que viriam a se depositar sobre a substância viva do símbolo, nem a escolha que viesse a privilegiar a função simbolizante de um ou de outro de seus aspectos. A substância viva, concreta, do símbolo não definha sob o revestimento simbólico que uma convenção ou uma circunstância lhe empresta. Ele compreende toda a sua plenitude e tudo o que lhe é acrescentado em sua história ulterior. O comentário sempre tolerou este enriquecimento do símbolo pelo concreto.

É a partir dessa plenitude, com todas as suas possibilidades praticamente inesgotáveis, mas que o contorno definido desses objetos-sinais abria, que os comentários eram retomados, de geração em geração. O *Talmud*, segundo os grandes mestres desta ciência, só pode ser compreendido a partir da vida. E isso vale não apenas para o próprio ensinamento que ele traz e que supõe a experiência de vida (quer dizer, muita imaginação): isso vale também para a inteligência e para a percepção dos próprios sinais. Realidades concretas, eles são isto ou aquilo de acordo com o contexto de vida. Assim, estes sinais – versículos bíblicos, objetos, pessoas, situações, ritos – funcionarão como sinais perfeitos: quaisquer que sejam as modificações que o devir possa introduzir em sua textura sensível, eles mantêm o seu privilégio de revelar os mesmos significados ou ainda os aspectos novos desses mesmos significados. Sinais perfeitos, insubstituíveis e, neste sentido – puramente hermenêutico –, sinais sagrados, letras sagradas, Santas Escrituras. O significado desses símbolos jamais dispensa inteiramente a materialidade dos símbolos que o sugerem e que conservam sempre algum poder insuspeitado de renovar esse significado. O espírito jamais dispensa a letra que o revela. Muito pelo contrário: o espírito desperta na letra novas possibilidades de sugestão. A partir do pensamento talmúdico, uma luz se projeta sobre os símbolos que transportam a letra e reanima o seu poder simbólico. Além disso, porém, esses símbolos, que são realidades e freqüentemente figuras e pessoas concretas, recebem os significados que eles se prestam a suscitar – um esclarecimento sobre sua textura de objetos, sobre os relatos bíblicos aos quais coisas e seres estão mesclados. O *Talmud,* nesse sentido, comenta a Bíblia. Existe, dessa forma, um movimento incessante de vai-e-vem. Ao método histórico poderia faltar esse vai-e-vem que constitui a dialética talmúdica. Ele correria o risco de prender-se à origem dos símbolos que, desde há muito, teriam ultrapassado o sentido que tiveram no momento de sua aparição. Ele poderia empobrecê-los ou desqualificá-los, encerrando-os na anedota ou no evento local do qual eles partiram.

As possibilidades de significar a partir de um objeto concreto liberado de sua história – fonte de um método de pensamento a que chamamos paradigmático – são inumeráveis. Ao requerer o uso de faculdades especulativas pouco comuns, elas se desenvolvem num espaço multidimensional. A dialética do *Talmud* assume um ritmo oceânico.

Os comentários que preparamos não respondem absolutamente às exigências que acabamos de assinalar. A esse título, também, eles permanecem como imprudentes. Mas um mestre prestigioso, Sr. Schouschani*, cuja morte na América do Sul foi-nos comunicada durante a impressão da presente obra, mostrou-nos o poder do verdadeiro método. Para nós, ele tornou impossível para sempre o acesso dogmático puramente fidelista, ou mesmo teológico, ao *Talmud*. Nosso ensaio deve atestar essa busca de liberdade, aliás, uma liberdade conquistada. A essa liberdade ele queria convidar outros pesquisadores. Sem ela, o exercício soberano da inteligência que está impresso nas páginas do *Talmud* pode, ele também, tornar-se litania e murmúrio piedoso num consentimento obtido *a priori* que, contudo, se pode criticar em talmudistas cuja familiaridade com essas páginas é de todo modo invejável.

Conquanto formado, desde a nossa tenra idade, nas letras quadradas, nós nos aproximamos tarde – e à margem de estudos puramente filosóficos – dos textos talmúdicos, que não podem ser estudados impunemente de maneira amadorística. Por isso, apesar dos riscos, nas conferências aqui reunidas nós tomamos algumas precauções. No mar do *Talmud,* preferimos navegar perto da costa, escolhendo, para comentar, passagens

---

* A influência de Schouschani sobre Levinas, bem como sobre Elie Wiesel (ambos estudaram o *Talmud* com este personagem após a Segunda Guerra), não pode ser negligenciada; a tal ponto, que Lévinas afirma que tudo o que ele escreve sobre o *Talmud* deve a Schouschani, e Elie Wiesel em sua autobiografia afirma que ter conhecido Schouschani foi o maior perigo pelo qual havia passado. Sabe-se muito pouco a respeito deste personagem: que ele tinha uma memória prodigiosa e forçava seus discípulos a se desfazerem de todas as suas reservas ao abordar um texto, e Lévinas afirma que foi com ele que aprendeu a encontrar o que vive num texto para além da letra morta. Salomon Malka tentou construir um retrato deste enigmático personagem a partir de algumas entrevistas com Wiesel e Lévinas (Malka, S. *Monsieur Chouchani. L'énigme d'un maître du XX siècle*, Paris, J.C. Lattès, 1994). (N. do T.)

que suportam, por assim dizer, uma exegese relativamente fácil. As reservas que formulamos no preâmbulo de cada uma dessas conferências não são, pois, expressão de falsa modéstia. Nossa maior preocupação, apesar do quanto possa parecer novo o modo de leitura que adotamos (o qual, apesar de constituir-se num estilo próprio, tem afinidade com todo o movimento que se configurou, no judaísmo francês, após a libertação, no qual o nosso saudoso amigo Jacob Gordin desempenhou um papel importante e que chamamos, por vezes, de maneira divertida *Escola de Paris*), consiste em separar a grandeza espiritual e intelectual do *Talmud* das inépcias de nossa interpretação.

Nossas lições, apesar de seus defeitos, pretendem configurar um plano no qual seria possível uma leitura do *Talmud* que não se limitaria nem à filologia, nem à piedade em relação a um passado "amado mas ultrapassado", nem ao ato religioso da adoração; visa uma leitura em busca de problemas e verdades e que – não menos do que o retorno a uma vida política independente em Israel – parece-nos necessária a um Israel desejoso de conservar a consciência de si próprio no mundo moderno, embora possa hesitar diante desse retorno que se quereria puramente político. Os sábios do *Talmud* opuseram a tomada de posse da terra de Israel à idéia da herança: esta transmite o patrimônio dos pais aos filhos; aquela leva o bem dos filhos aos patriarcas, pais da história santa, os únicos que têm direito à posse. A história dessa terra não se separa da história santa. O sionismo não é uma vontade de poder. No entanto, uma formulação moderna da sabedoria talmúdica é necessária também para todos aqueles que se considerem judeus fora da terra de Israel. Por fim, ela deve ser acessível à humanidade culta que, embora não aderindo às respostas que o judaísmo traz aos problemas vitais atuais, se interesse pela civilização autêntica de Israel.

Dar a tal estudo toda a amplitude que ele merece, traduzir em termos modernos a sabedoria do *Talmud*, confrontá-lo com as preocupações de nosso tempo, deve incumbir, entre as suas tarefas mais elevadas, à Universidade Hebraica de Jerusalém. Eis a essência do sionismo mais nobre. O que é ele, senão a solução de uma contradição que dilacera os judeus integrados às nações livres, bem como os judeus que se sentem dispersados? A fidelidade à cultura judaica fechada ao diálogo e à polêmica com o Ocidente destina os judeus ao gueto, à exterminação física; a entrada na Cidade os faz desaparecer na civilização de seus hospedeiros. Sob a forma de uma existência política e cultural autônoma, o sionismo torna possível, *em toda parte*, um judeu ocidental, judeu e grego. Assim, a tradução "em grego" da sabedoria do *Talmud* é a tarefa essencial da Universidade do Estado judeu, mais digna dos esforços desta do que a filologia semítica, para a qual bastam as universidades da Europa e da América. O judaísmo da Diáspora e toda uma humanidade espantada pelo renascimento político de Israel esperam a *Torá* de Jerusalém. A Diáspora, atingida em suas forças vivas pelo hitlerismo, não tem mais nem o saber nem a coragem necessários à realização de tal projeto.

Entretanto, esperamos que os leitores que vislumbrem nos nossos comentários as fontes e os recursos do judaísmo pós-cristão – o qual não tem necessidade alguma do testemunho dos "manuscritos do Mar Morto" para se saber vivo na aurora da prédica cristã, e vivo de uma vida completamente diferente, aliás, daquela que esses manuscritos refletem – haverão de reconhecer também os limites de nossa empreitada e não haverão de ter a pretensão de imaginar, após terem fechado este livro, que eles já conhecem o que apenas vislumbraram. Trata-se de um mundo espiritual infinitamente mais complexo e mais refinado que aquele esquematizado em nossas desajeitadas análises. O judaísmo vive aí há séculos, mesmo se ele eventualmente começar a esquecer os seus fundamentos. Mundo insuspeitado pela própria sociedade ambiente, que se contentava a seu propósito com algumas noções sumárias. Tal atitude a dispensou de interrogar-se sobre o segredo de homens aos quais bastava declarar estrangeiros para dar-se conta da sua condição de forasteiros. As quatro lições que se lerá a seguir apenas fazem lembrar o grande ensinamento ao qual falta de modo absoluto uma formulação moderna.

PRIMEIRA LIÇÃO:
TEXTO DO TRATADO *IOMA* (85 A-85 B)

Mischná

…As faltas do homem em relação a Deus são perdoadas pelo Dia do Perdão; as faltas do homem em relação ao outro não lhe são perdoadas pelo Dia do Perdão, a menos que, antes de mais nada, ele tenha apaziguado o outro…

Guemará

Rabi Iossef bar Habo objetou a Rabi Ibhu: "(Como se pode dizer que) as faltas do homem em relação ao outro não lhe são perdoadas pelo Dia do Perdão", já que está escrito (*Samuel*, 1, 2): "Se um homem ofende outro homem, *Elohim* concilia"? O que significa *Elohim*? O juiz. Se é assim – leia pois o fim (do versículo): "Porém, se é Deus mesmo que ele ofende, quem intercederá por ele?" –, eis como se deve compreender: "Se um homem comete uma falta em relação a um homem e o apazigua, Deus perdoará. Mas se a falta é cometida em relação a Deus – quem poderá interceder por ele? Apenas o arrependimento e as boas ações."

Rabi Iitz'hak disse: "Qualquer um que magoe seu próximo, mesmo por palavras, deve apaziguá-lo (para ser perdoado)", porque foi dito (*Provérbios*, 6, 1-3): "Meu filho, se você tornou-se fiador do seu próximo, se você empenhou a sua palavra por um estrangeiro, você foi pêgo na armadilha de suas promessas, você se tornou prisioneiro de sua palavra. Faça pois o seguinte, meu filho, para recobrar a sua liberdade, já que você caiu em poder do outro. Vá, insista com energia, tome de assalto o seu próximo (ou os seus próximos)". Se você tem dinheiro, ofereça-lhe uma mão generosa e ou então invada-o de amigos.

...Rav Iossi bar Hanina disse: "Qualquer um que peça a seu próximo para liberá-lo, não deve solicitar mais do que três vezes", porque foi dito (*Gênese* 50, 17): "Oh! Perdoe, por favor, a ofensa de seus irmãos e suas faltas, bem como o mal que eles lhe fizeram. Agora, pois, perdoe as faltas dos servidores do Deus de seu pai..."

...Rav teve, um dia, uma querela com um degolador de gado. Este não foi a sua casa na véspera do *Iom Kipur*. Então ele disse: "Eu irei até ele para apaziguá-lo." No caminho, Rav Houna o encontra. Ele lhe diz: "Onde vai o mestre?" Ele respondeu: "reconciliar-me com fulano." Então ele disse: "Abba vai assassinar alguém." Ele foi assim mesmo. O degolador estava sentado e martelava a cabeça do boi. Ele levantou os olhos e enxergou-o. Ele lhe disse: "Vá embora, Abba, eu não tenho nada em comum com você." Como ele martelava a cabeça, um osso se destacou, enfiou-se na sua garganta e matou-o.

Rav comentava um texto diante de Rabi. Quando Rav Hiya entrou, ele retomou o texto desde o princípio. Entrou Bar Kapra – ele retomou novamente; veio Rav Simon, filho de Rabi, e ainda uma vez ele recomeçou. Chegou então Rav Hanina bar Hama e Rav disse: "Quantas vezes mais vamos recomeçar e repetir?" Ele não retomou desde o início. Rav Hanina ficou mortificado. Durante treze anos, na véspera do *Kipur*, Rav ia pedir perdão e Rav Hanina não se apaziguava.

Como Rav pode proceder assim? Rav Yossi bar Hanina não dizia: "Quem quer que seja que peça a seu próximo para liberá-lo não deve solicitar mais do que três vezes"? – Porém, com Rav é completamente diferente.

E Rabi Hanina, por que ele procedeu assim? Rabah não ensinou: "Perdoam-se todos os pecados a quem tenha deixado de reclamar seu direito?" – É que Rabi Hanina viu num sonho que Rav estava pendurado numa palmeira. Ora, se diz: "Qualquer um que apareça em sonho como pendurado numa palmeira está destinado a ser rei." Ele concluiu que Rav seria chefe de escola. É por isso que ele não se deixou apaziguar para que assim Rav partisse e fosse ensinar em Babel.

Respeito ao Outro [1]

A passagem a ser comentada lhes foi distribuída. Talvez não deva ser manuseada por vocês. Não se deve separar jamais de seu comentário vivo os textos da Lei oral fixados por escrito. Quando a voz do exegeta se cala – e quem ousaria acreditar que ela ressoa longamente nos ouvidos dos ouvintes? –, o texto retorna à imobilidade na qual ele volta a ser enigmático, estranho e até mesmo, por vezes, de um arcaísmo absurdo. É verdade que muitos dos meus ouvintes são, eles próprios, excelentes

---

1. No quadro de um colóquio consagrado ao "Perdão".

comentadores. Esses não levarão consigo minha tradução, pois eles conhecem o original. É com eles que eu conto para me ajudar numa tarefa em que me empenho apenas enquanto amador. Aliás, eles perceberão rapidamente que, ao me apresentar assim, não me coloco numa posição de falsa modéstia. Que se saiba também que eu tive pouco tempo para preparar esta lição, ao passo que os quarenta e cinco minutos que me estão reservados teriam exigido uma preparação menos rápida para poder preencher esse tempo.

Outra observação: as linhas que vocês lêem dizem respeito ao perdão. Mas é apenas um dos inúmeros textos consagrados pelo *Talmud* a esse tema. Não se deve esperar, pois, que depois de me terem escutado, daqui em diante os intelectuais judeus da França saibam o que o judaísmo pensa do perdão. Aí reside o perigo das explicações dos textos talmúdicos esporádicas, como o são as nossas, ou seja, o perigo de uma boa consciência prematura: êi-la embebida nas próprias fontes do pensamento judaico!

Por fim, uma última precaução oratória: eu me interrogo com inquietação sobre se o presidente da Aliança Israelita Universal que os recebe aqui, o engenheiro Kahn, não vai-se chocar pelo retorno, que se anunciou agora, daquilo que ele chamava há pouco de "o plano abstrato e conceitual". Que ele se tranquilize! Não nos dirigimos seguramente em direção a um território que seria ao mesmo tempo prático e concreto. Porém, basta percorrer o texto que está diante de vocês para dar-se conta de que não nos ativemos apenas a abstrações vazias. O texto é de um estilo bastante original. Como vamos lê-lo?

Os que assistem pela primeira vez a esta sessão de comentários talmúdicos não devem deter-se na linguagem teológica dessas linhas. Trata-se de pensamentos de sábios e não de visões proféticas. Meu esforço consiste sempre em libertar os

30

significados que se dirigem à razão dessa linguagem teológica. O racionalismo do método não consiste, graças a Deus, em substituir Deus por Ser Superior ou por Natureza ou – como o fazem certos jovens em Israel – por Povo Judeu ou Classe Operária. Ele consiste, antes de mais nada, em desconfiar de tudo aquilo que, nos textos estudados, poderia passar por uma informação sobre a vida de Deus, por uma teosofia; ele consiste em se preocupar, diante de cada uma dessas informações aparentes sobre o além, com aquilo que essa informação pode significar na vida do homem, bem como para a sua vida.

Sabemos, a partir de Maimônides, que tudo o que se diz de Deus no judaísmo *significa*, pela *praxis*, humano. Considerando-se, porém, que o próprio nome de Deus – o mais familiar aos homens – permanece também o mais obscuro, exposto a todos os abusos, tento projetar sobre ele alguma luz que vem do próprio lugar que ele ocupa nos textos, daquele contexto que nos é compreensível na medida em que fala da experiência moral dos homens. Deus – qualquer que seja o significado final e, de todo modo, sem disfarces – aparece à consciência humana (e sobretudo na experiência judaica) "vestido" de valores; e essa veste não é estranha a sua qualidade natural ou sobrenatural. O ideal, o racional, o universal, o eterno, o Altíssimo, o transubjetivo etc. – noções permeáveis à inteligência – são as suas vestes morais. Penso então que, quaisquer que sejam a experiência última do Divino e sua significação final religiosa ou filosófica, elas não podem se separar dessas experiências e significados anteriores; elas não podem abarcar valores nos quais resplandece o Divino. A experiência religiosa não pode – ao menos para o *Talmud* – deixar de ser antes uma experiência moral.

Minha preocupação consistirá em manter-me sobretudo nesse plano moral. É claro que eu não posso contestar que os desenvolvimentos racionais assim liberados repousem em posições tomadas, que não se refiram a atitudes anteriormente já tomadas. Não posso negar que as atitudes aqui tomadas sejam anteriores às categorias filosóficas nas quais elas são expostas. Mas também não é certo que qualquer pensamento filosófico jamais tenha vindo ao mundo em detrimento de uma atitude, que jamais tenha havido no mundo uma categoria que precedesse uma atitude. Podemos, então, abordar com ousadia este texto religioso que, no entanto, se presta, de uma maneira tão maravilhosamente natural, à linguagem filosófica. Ele não é dogmático, ele vive de discussões e colóquios. O teológico recebe aqui um significado moral de notável universalidade no qual se reconhece a razão. Decididamente, trata-se, no judaísmo, de uma religião de adultos.

Nosso texto comporta duas partes: um trecho da *Mischná* (chamam-se assim os ensinamentos orais reunidos por escrito pelo Rabi Iehudá Hanassi, por volta do fim do II século) e um trecho da *Guemará* (ensinamentos orais do período que se segue à consignação por escrito da *Mischná* e, eles mesmos, consignados, por escrito por Rav Aschi e Ravina, por volta do fim do século V), que se apresenta como o comentário da *Mischná*.

A *Mischná* relaciona-se ao Dia do Perdão – o *Iom Kipur*. Falou-se desta *Mischná* esta manhã – por um instante, eu até mesmo temia que se dissesse aquilo que me preparava a dizer eu mesmo. Mas quando se fala do *Talmud*, sempre resta algum "não-dito", segundo expressão da moda entre os intelectuais.

…As faltas do homem em relação a Deus são perdoadas pelo Dia do Perdão; as faltas em relação ao outro não lhe são perdoadas pelo Dia do Perdão se, antes, ele não apaziguou o outro…

Alguns esclarecimentos quase que terminológicos. O Dia do Perdão permite obter o perdão pelas faltas cometidas com respeito a Deus. Contudo, nada há de mágico em tudo isso: não basta que o *Iom Kipur* desponte no horizonte para que essas faltas sejam perdoadas. É verdade que o Dia do Perdão é uma data determinada do calendário; e o perdão – quer dizer, a libertação da alma culpada – exige uma data determinada do calendário, porque é preciso uma data determinada do calendário para o trabalho de penitência: para que esse trabalho possa fazer-se todos os dias, é necessário que haja também um dia especialmente destinado à penitência. Assim é, ao menos, o que me diz a sabedoria judaica. Porém, o Dia do Perdão não traz o perdão por virtude própria – exatamente porque o perdão não se separa da contrição nem da penitência, da abstinência e dos jejuns, dos empenhos rumo ao Melhor. Esses empenhos interiores podem converter-se em prece, prece coletiva ou ritual. A interioridade do empenho não se reduz a esse estado de interioridade. Ela se configura em formas objetivas tais como foram os próprios sacrifícios na época do Templo. Essa interdepência entre o interior e o exterior também se encontra na sabedoria judaica. Quando a *Mischná* nos ensina que as faltas do homem com respeito a Deus são eliminadas pelo Dia do Perdão, ela quer dizer que a celebração do *Iom Kipur,* bem como o estado de alma por ela determinado ou que ela exprime, nos conduzem à condição de seres perdoados. Esse método, no entanto, só vale para as faltas cometidas com relação a Deus.

Vamos avaliar a enormidade daquilo que acabamos de aprender. Minhas faltas com relação a Deus são perdoadas sem que, nisso, eu dependa de sua boa vontade! Deus, num certo sentido, *é o outro* por excelência, o outro enquanto outro, aquele que é completamente o outro – e, não obstante, o meu arranjo com esse Deus depende apenas de mim. O instrumento do perdão está em minhas mãos. Ao contrário, o próximo – meu irmão, o homem – ele é infinitamente menos outro do que aquele que é absolutamente o outro, e que é, num certo sentido, mais outro do que Deus: para obter seu perdão no Dia do Perdão, eu devo conseguir previamente que ele se apazigue. E se ele se recusar? Desde que sejamos dois, tudo está em perigo. O outro pode recusar o perdão e me deixar eternamente imperdoado. Isto deve encerrar ensinamentos interessantes acerca da essência do divino!

Como se distinguem as faltas com relação a Deus das faltas que dizem respeito ao homem? Num primeiro momento, nada é mais simples do que esta distinção: tudo o que causa prejuízo material ou moral ao próximo, assim como toda ofensa verbal que lhe for feita, constituem uma falta com relação ao homem; as transgressões dos interditos e dos mandamentos rituais, a idolatria e o desespero, estão no domínio das faltas cometidas com relação ao Eterno. Não respeitar o Schabat e as leis alimentares, não acreditar no triunfo do bem e, acima do dinheiro e mesmo da arte, não colocar nada, tudo isso constituiria ofensas a Deus. Eis aí, portanto, as faltas que destróem o Dia do Perdão vivenciado como mera contrição e simples rito de penitência. É claro que as faltas em relação ao próximo são, *ipso facto*, ofensas a Deus.

É claro que poderíamos nos deter neste ponto. Poder-se-ia concluir, talvez precipitadamente, que o judaísmo coloca a moralidade social acima das práticas rituais. Mas poder-se-ia também inverter a ordem. O fato de que o perdão das faltas rituais dependa apenas da penitência – e por consequência, exclusivamente de nós – talvez projete uma nova luz sobre o significado das práticas. Não depender do outro para ser perdoado é, por um lado, certamente estar seguro de si. Porém, chamar a essas transgressões rituais "faltas com relação a Deus", poderia ser visto como diminuição da gravidade da doença que a Alma contrai através dessas transgressões? É possível que os males que devem ser curados no interior da Alma sem o auxílio do outro sejam, precisamente, os males mais profundos e que, devido às nossas faltas sociais, uma vez o próximo apaziguado, o mais árduo resta a ser feito. Estando em falta com relação a Deus, pode-se minar a consciência moral enquanto consciência moral? A transgressão ritual que eu suponho eliminar sem recorrer a outrém pode ser exatamente aquela que requer o empenho de toda minha personalidade, trabalho de *Teschuvá*, de Retorno, ao qual ninguém pode subtrair-se.

Estar diante de Deus equivaleria, assim, a esta mobilização total de si próprio. A transgressão ritual – e aquilo que é ofensa a Deus através da ofensa ao próximo – me destruiria mais profundamente do que a ofensa feita a outrém que, no entanto, tomada em si mesma e separada da impiedade que ela contém, é a fonte da minha crueldade, da minha nocividade e da minha autocomplacência. Que um mal exija uma reparação por si próprio nos leva a medir a profundidade da lesão. O esforço que a consciência moral faz para se restabelecer enquanto consciência moral, a *Teschuvá*, o Retorno, é, ao mesmo tempo, uma relação com Deus e um evento absolutamente interior.

Portanto, não haveria mais profunda interiorização da noção de Deus do que a encontrada na *Mischná* ao enunciar que as minhas faltas, com relação ao Eterno, me são perdoadas no Dia do Perdão. No meu isolamento mais rigoroso, obtenho o perdão. A partir disso, então, compreendemos porque é preciso o *Iom Kipur* para obter-se tal perdão: de que forma pensam vocês que uma consciência moral atingida em sua medula pode encontrar em si própria o apoio necessário para começar o caminho em direção a sua própria interioridade e em direção à solidão? É preciso recorrer à ordem objetiva da comunidade para conquistar essa intimidade da redenção. É preciso um dia fixo do calendário, bem como todo o cerimonial da solenidade do *Kipur*, para que a consciência moral "danificada" possa atingir a sua intimidade e reconquistar a integridade que ninguém pode reconquistar por si mesmo. Trabalho que equivale ao perdão de Deus. Essa dialética do coletivo e do íntimo parece-nos muito importante. A *Guemará* mantém até uma opinião extrema, a do Rabi Iehudá Hanassi, que atribui ao dia de *Kipur* enquanto tal – e sem *Teschuvá* – o poder de purificar as almas culpadas – tal é a importância, no pensamento judaico, dessa condição comunitária para a regeneração interior. Ela nos dá talvez uma indicação geral sobre o sentido do rito judeu e sobre o aspecto ritual da própria moralidade social; sendo de origem comunitária, lei e mandamento coletivo, o rito absolutamente não é exterior à consciência: ele a condiciona, permite-lhe entrar nela própria e mantê-la desperta. Ele a mantém, ele prepara a sua restauração. Seria possível pensar que o sentido de justiça que habita a consciência judaica – essa maravilha das maravilhas – poderia prender-se ao fato de que, durante séculos, os judeus jejuavam no *Kipur*, respeitavam o *Schabat* e as interdições alimentares, esperavam o Messias e sentiam o amor pelo próximo como se isso tudo fosse um dever de piedade?

Seria possível chegar a pensar até que o desprezo pela *Mitzvá* compromete o misterioso sentido judeu da justiça em nós? E que, mesmo enquanto judeus sem vida ritual e sem piedade, nós somos mesmo assim levados, por obra de uma velocidade adquirida, em direção à justiça incondicional, nada nos garantindo que possamos, por muito tempo ainda, ser comovidos?

Passo agora à *Guemará*. A idéia de que ninguém pode obter o perdão de Deus por uma falta cometida com relação a outro sem que tenha, previamente, apaziguado o ofendido, choca-se com um versículo da Bíblia. Diga-se de passagem que as discussões talmúdicas apresentam-se por vezes como pesquisa sobre o acordo entre uma idéia e um texto, ao passo que, por trás dessa pesquisa relativamente escolástica e que desencoraja os espíritos frívolos sempre dispostos à crítica, ocultam-se iniciativas bem mais ousadas. De qualquer maneira, Rabi Iossef bar Habo objeta a Rabi Ibhu (que provavelmente raciocinava como nossa *Mischná*) o seguinte:

Como se pode pretender que as faltas cometidas pelo homem com relação ao outro não lhe são perdoadas no Dia do Perdão, já que está escrito (*Samuel*, I, c. 2): "Se um homem ofende um outro homem, *Elohim* conciliará."

É uma oposição formal à nossa *Mischná*! Eis que a ofensa feita a outrém pode ser reparada, a acreditar-se no versículo bíblico, pela boa graça de *Elohim*, de Deus, sem qualquer reconciliação prévia com o homem ofendido.

Ao que o interlocutor replica: que quer dizer *Elohim*? É certo que *Elohim* equivale a Deus? Se traduz *Elohim* por juiz! A resposta não é sem fundamento. *Elohim* significa, de um modo geral, autoridade, poder e, consequentemente, muitas vezes, juiz. Dessa forma, tudo se arranja de acordo com a *Mischná*: se um homem comete uma falta com relação a um homem, Deus não intervém. É necessário que um tribunal terrestre faça justiça entre os homens! É preciso até mesmo mais do que a reconciliação entre o ofensor e o ofendido – são necessários a justiça e o juiz. E a sanção. O drama do perdão não comporta apenas dois personagens, mas três.

Rabi Iossef bar Habo nem por isso se sente batido: se *Elohim* se traduz por juiz, e se a palavra do versículo que acabamos de traduzir por "conciliará" deve significar "fará justiça"; se em lugar de "Deus conciliará" se deve ler "o juiz fará justiça", como será possível acomodarmo-nos com o fim do versículo? Esse fim de versículo, na tradução do rabinato francês, enuncia-se assim: "Se é o próprio Deus que ele (o homem) ofende, quem intercederá por ele?" Nesta segunda parte do versículo, Deus não é mais designado pelo termo *Elohim*, mas pelo Tetragrama, que designa precisamente Deus ele próprio e não apenas o Juiz, sendo que o termo traduzido há pouco por "fará justiça" torna-se "intercederá". Se lermos este final de acordo com o começo, nós o haveremos de compreender assim: " Mas se o próprio Eterno for ofendido, quem fará justiça?" Tradução absurda, diz o comentador: é como se o Eterno não tivesse servidores capazes de fazer justiça!

Rabi Iossef bar Habo, com o fim de conservar em todos os termos o mesmo sentido ao longo de todo o versículo, sustenta assim a sua posição, que consiste em emprestar a Deus o papel daquele que elimina a falta do homem que ofendeu outro homem.

Porém a *Guemará* opõe-se decididamente a esta posição. Eis a versão que ela propõe:

Se um homem comete uma falta com relação a outro homem e o o *apazigua,* Deus perdoará; mas se a falta se refere a Deus, quem poderá interceder por ele *a não ser o arrependimento e as boas ações.*

A solução consiste em intercalar estas palavras sublinhadas no versículo bíblico, a fim de sujeitá-lo ao espírito da *Mischná.* Não se poderia ser menos ligado à letra e mais amoroso do espírito! Desse modo, é muito grave ter ofendido um homem. O perdão depende dele, encontramo-nos em suas mãos. Não existe perdão que não tenha sido pedido pelo culpado! É preciso que o culpado reconheça a sua falta; é preciso que o ofendido queira receber as súplicas do ofensor. Melhor ainda: ninguém pode perdoar caso o perdão não lhe tenha sido pedido pelo ofensor, caso o culpado não tenha procurado apaziguar o ofendido.

Porém, seria Rabi Iossef bar Habo, que faz tão bem a exegese, partidário do sentido literal dos versículos? Não tem ele também uma idéia no subtexto? "Se um homem ofende um outro homem, *Elohim* perdoa ou *Elohim* acomoda ou *Elohim* concilia..." Será que Rabi Iossef bar Habo não estaria a pensar, por acaso, que as histórias entre particulares não abalam o equilíbrio da criação? Vocês querem interromper a sessão caso alguém saia da sala ofendido? O que pode ser tudo isto diante da Eternidade? Na perspectiva do plano superior, do plano de *Elohim*, no absoluto, ao nível da história universal, tudo se acomodará. Dentro de cem anos não se haverá de pensar mais nos nossos pequenos infortúnios, nos nossos pequenos desgostos e ofensas!

Dessa forma, Rabi Iossef bar Habo opõe à tese da *Mischná* uma tese de natureza a seduzir muito a modernidade. A doutrina que se quer severa para o subjetivo e o particular, para as pequenas histórias privadas e que exalta o valor exclusivo do universal, provoca um eco em nossa alma tomada pela grandeza. As lágrimas e os risos dos mortais não contam muito; o que conta é o arranjo das coisas no absoluto. E observem a exegese de Rabi Iossef bar Habo até o fim: a ofensa irreparável é a ofensa feita a Deus; aquilo que é grave é o ataque a um princípio. Rabi Iossef bar Habo é cético com relação ao individual, ele crê no Universal. Indivíduo contra indivíduo, isso não tem qualquer importância; lesar um princípio, eis a catástrofe. Se o homem ofende a Deus, quem poderá consertar a desordem? Não existe história que possa estar acima da história, não há idéia capaz de conciliar o homem em conflito com a própria razão.

É contra esta tese viril, excessivamente viril, na qual se pode perceber anacronicamente alguns ecos de Hegel; é contra essa tese, que coloca a ordem universal acima da ordem inter-individual, que se levanta o texto da *Guemará*. Não, o indivíduo ofendido deve sempre ser apaziguado, abordado e consolado individualmente; o perdão de Deus – ou o perdão da história – não pode dar-se sem que o indivíduo seja respeitado. Deus talvez não seja mais do que essa recusa permanente de uma história que se acomodaria com as nossas lágrimas privadas. A paz não se instala em um mundo sem consolações. Pelo contrário, o acordo com Deus, com o Universal, com o Princípio, só pode ocorrer na privacidade da minha interioridade – e, num certo sentido, está em meu poder fazer isso.

Vamos para a primeira parte do meu texto. Ele não tem alguma relação imediata com o problema do perdão colocado pela culpabilidade alemã? Eu não estou muito seguro disso.

A alínea a seguir justifica a gravidade da ofensa verbal.

"Rabi Itzhak disse: qualquer um que cause dor a seu próximo, mesmo através de palavras, deve apaziguá-lo (para ser perdoado), pois foi dito (*Provérbios*, 6, 1-3): ...Meu filho, se você se constituiu em fiador para o seu próximo, se você empenhou a sua palavra por um estrangeiro, você está preso na armadilha de suas promessas; você tornou-se prisioneiro de sua palavra. Faça pois isto, meu filho, a fim de recuperar a liberdade, já que você caiu em poder do outro; vá, insista com energia e assedie o seu próximo (ou os seus próximos)." E a *Guemará* acrescenta sua interpretação

40

da última frase: "Se você tem dinheiro, oferte-lhe a mão generosa, ou mesmo cumule-o de amigos."

"Insistir com energia" significaria "abrir sua carteira", "assediar o seu próximo" significaria "enviar ao ofendido amigos como intercessores". Singular interpretação! E cá estamos nós, de maneira geral – poder-se-ia dizer –, em meio à incoerência. De fato, o que o *Talmud* quer é mostrar a gravidade da ofensa verbal; por ter dito uma palavra a mais ao seu próximo, você é tão culpado quanto se lhe houvesse causado um prejuízo material. Não há perdão antes que seja obtido o apaziguamento do ofendido! E eis que para prová-lo é citada uma passagem do *Livro dos Provérbios,* no qual não se trata de injúrias, mas sim de dinheiro. João empresta dinheiro a Paulo e você garantiu o reembolso do empréstimo. Você é, de agora em diante, prisioneiro da palavra empenhada. No entanto, em que medida esse princípio do direito comercial tem relação com as palavras que ferem?

A menos que se nos queira ensinar a identidade entre a ofensa e a "ferida do dinheiro"!

A menos que se nos queira ensinar a essência da palavra. De que maneira a palavra poderia ferir se ela fosse encarada apenas como *flatus vocis*, como palavra vã, como "simples palavra"? Esse recurso a uma citação que parece fugir completamente ao tema ao qual uma simples leitura, aparentemente forçada, nos conduz, nos ensina que a palavra, na sua essênca original, é um compromisso junto a um terceiro com relação ao nosso próximo: é um ato por excelência, é a instituição da sociedade. A função original da palavra não consiste em nomear um objeto a fim de comunicar-se com o outro, num jogo inconsequente, mas sim em assumir por alguém uma responsabilidade em relação a outro alguém. Falar é comprometer-se com os interesses dos homens. A responsabilidade configuraria a essência da linguagem.

É dessa forma que se pode compreender os "despropósitos" cometidos pela interpretação talmúdica: "Insista com energia e assedie o seu próximo" significa, bem entendido, em primeiro lugar, uma insistência junto ao devedor a quem você deu sua garantia a fim de que ele resgate o seu débito. Mas o que significa insistência a não ser a disposição de pagar do seu próprio bolso? Que o cumprimento do compromisso se faça em numerário, o que num certo sentido quer dizer que o sacrifício de desembolsar dinheiro seja aquele que mais custa, é uma constante talmúdica. Longe de exprimir algum tipo de sórdido materialismo, denuncia a hipocrisia que está embutida no espiritualismo etéreo daqueles que possuem. O "insistir-junto-ao-devedor" e o "assediar-seu-próximo" de que fala o Livro dos Provérbios são necessários à reparação do mal causado ao credor caso essa reparação não deva limitar-se a ser gratuita ou espiritual. Não menos exige a ofensa verbal: sem o árduo labor da conciliação de numerosas vontades, sem o sacrifício material, tanto o pedido de perdão quanto a humilhação moral que ele comporta acomodam-se na apatia e na preguiça. As promessas piedosas são fáceis. O esforço do ato principia quando alguém desfaz-se de seu bem e, dessa forma, mobiliza as suas vontades.

Vamos extrair de nosso comentário uma lição geral: os doutores do *Talmud,* tendo em vista batalhar a golpes de versículos e de procurar pêlo em casca de ovo, estão longe de exercícios escolásticos. A referência ao versículo não tem por finalidade recorrer à autoridade – como o imaginam alguns espíritos propensos a conclusões rápidas – mas a um contexto que permita elevar o debate e tornar perceptível o verdadeiro alcance das proposições das quais extrai o seu sentido. A transposição de uma idéia para outra atmosfera – e na qual se tenha a atmosfera original – extrai-lhe novas *possibilidades*.

As idéias não são fixadas por um processo de conceitualização que teria o poder de suprimir as fagulhas que dançam através do olhar pousado sobre o Real. Já tive ocasião de falar aqui sobre outro processo, que consiste em respeitar essas *possibilidades* e que chamei de método paradigmático: as idéias não se separam jamais do exemplo que as sugere, exatamente porque o fixam.

Apliquemos esta lição metodológica ao que se segue. "Ofender pela palavra" acaba de nos mostrar o peso real da palavra. Vai-se chegar ao sentido último de toda afronta. O texto que abordamos agora nos ensina: é preciso solicitar o perdão do ofendido, porém, está-se quites em relação a quem o recusar por três vezes.

...Rav Iossi bar Hanina disse: qualquer um que peça ao seu próximo para liberá-lo não deve solicitar mais do que três vezes, porque foi dito (quando, após a morte de Jacó, os irmãos de José imploram o perdão): "Oh! Perdoe, por favor, a ofensa de teus irmãos e suas faltas, e o mal que eles te fizeram. Agora, perdoe suas faltas aos servidores do Deus de teu pai" (*Gênese*, 50, 17).

Haveria nessa passagem três súplicas ou um ritmo ternário que justificaria a tese de Rav Iossi bar Hanina. Os comentadores discutem a sua pertinência. Que importa! Eu quero me restringir à escolha do versículo. Qual exemplo de ofensa foi-se buscar na Bíblia para a circunstância? A história dos irmãos que venderam o próprio irmão como escravo. A exploração do homem pelo homem seria pois o modelo da ofensa, à semelhança de qualquer ofensa (mesmo verbal).

Podemos aplicar o mesmo método à passagem já comentada no início, na qual se colocava em questão a falta com relação ao homem e com relação a Deus. "Se um homem ofende outro homem, *Elohim* concilia... mas se a falta é cometida com relação a Deus..." A frase é dita pelo grande-sacerdote Heli, ao admoestar seus filhos. Sacerdotes indignos, eles seduziam as mulheres que se apresentavam ao Tabernáculo e retiravam uma parte indevida das oferendas dos fiéis. "Cessem, portanto, meus filhos, de fazer isso... lhes disse Heli; se um homem comete uma falta com relação a um homem, Deus perdoará, mas se a falta é cometida com relação a Deus, quem haverá de interceder?" Ora, a falta dos filhos de Heli parece ter sido cometida com relação aos homens. A ofensa feita a Deus, portanto, é o abuso do poder ao qual se entrega a própria pessoa que foi incumbida de fazer respeitar este princípio. Quem poderá interceder? Quem pode intervir? Em nome de qual Lei? Aqueles que estão encarregados de aplicar a Lei a recusam e, assim, subvertem a escala de valores.

A última parte do texto a ser comentada é de certa forma anedótica. Eu a sintetizei. Fiquei com duas das quatro anedotas que se encontram na página 87a, reservei duas para não ultrapassar o tempo que me é concedido. As histórias relatadas desenvolvem a dialética do perdão a partir dos princípios que acabamos de expor.

"Rav teve um dia uma querela com um degolador de gado..." O texto não nos diz quem estava errado e quem tinha razão – os comentadores dão razão unanimemente a Rav. O fato é que o degolador de gado não veio na véspera de *Iom Kipur* pedir perdão a Rav. Rav julgou então que era seu dever suscitar, no interesse do ofensor, esse pedido de perdão e se decidiu a apresentar-se diante daquele que o havia insultado.

Reviravolta da obrigação: é o ofendido quem se preocupa pelo perdão com o qual o ofensor pouco se importa. (Numa passagem que deixei de lado, o ofendido passeia diante do ofensor para dar-lhe a oportunidade de pedir perdão). Rav inverte a situação para provocar uma crise de consciência no degolador de gado. A tarefa não é fácil! É disto que se dá conta o discípulo de Rav que se deparou com ele no caminho. Esse discípulo, Rav Huna, pergunta: "Para onde vai o mestre? – Reconciliar-me com fulano." Ao que rebate Rav Huna, sem ilusões: "Abba (nome familiar de Rav) vai cometer um assassinato." Rav Huna está convencido de que o degolador não seria atingido pela iniciativa de Rav, e isto só faria agravar mais a falta do degolador. O excesso de delicadeza vai se tornar a causa da morte. Estamos longe do perdão generosa e soberanamente concedido, *urbi et orbi*. O jogo da ofensa e do perdão é um jogo perigoso. Mas Rav passa despreza a advertência de seu aluno. Ele encontra o degolador em sua ocupação profissional. Sentado, ele martela uma cabeça de gado. Contudo, ele levanta os olhos para insultar novamente aquele que vem humildemente até ele. "Vá embora Abba, eu não tenho nada a ver com você." A expressão é admiravelmente precisa, e sublinha um dos aspectos essenciais da situação: a humanidade se desdobra em níveis diferentes, ela é feita de mundos múltiplos fechados uns aos outros devido aos seus níveis desiguais, os homens não formam ainda uma humanidade. Visto que o degolador mantém-se rigorosamente em seu nível, ele continua a martelar a cabeça, da qual bruscamente se solta um osso que o mata. Não é exatamente o milagre que se quer aqui contar, mas sim essa morte dentro dos sistemas nos quais a humanidade se isola; assim como essa pureza que tem o poder de matar, numa humanidade até agora desigualmente evoluída, e a enormidade da responsabilidade assumida por Rav assumiu por essa confiança prematura na humanidade do Outro.

Chego à segunda história: "Rav (o homem que acaba de ser focalizado, o homem tão delicado e tão perigoso) comentava um texto diante de Rabi (diante do célebre Rabi, o redator da *Mischná*), na escola de Rabi. Quando Rav Iiya entrou (era o tio de Rav), ele retomou o texto desde o começo; entrou Bar Kapra, ele recomeçou mais uma vez; veio Rav Simon, filho de Rabi (o filho do diretor!) e Rav retomou mais uma vez desde o começo". (Tratava-se de uma conferência um pouco paroquial: durante toda a primeira metade da sessão as pessoas se reúnem; o meio da sessão é marcado pelo momento em que as pessoas começam a partir!).

Veio então Rav Hanina bar Hama, e Rav disse: quantas vezes mais será preciso repetir? Ele não voltou mais ao começo. Rav Hanina sentiu-se magoado. Durante treze anos, na véspera do *Kipur,* Rav ia pedir perdão e Rav Hanina não se apaziguava.

Ele nunca perdoou. A história terminou.

Uma ofensa entre intelectuais poderia ser a mais irreparável de todas? Talvez seja este um dos significados do texto. Há categorias em que a ofensa é irremissível. Isto significa, sobretudo: há categorias nas quais somos levados à maior circunspecção. Rav, o justo, não pôde obter o seu perdão. Portanto, seria melhor – e isto pode opor-se às facilidades prometidas pela redenção fácil –, seria melhor não ofender do que buscar depois a reconciliação. Junto com o célebre texto talmúdico que promete aos arrependidos os lugares onde nenhum justo é admitido, figura outro texto, não menos digno de fé: lá onde se encontram os justos que jamais pecaram, nenhum pecador que tenha feito penitência poderia penetrar. É melhor não pecar do que fazer-se perdoar – verdade primeira, verdade necessária, verdade sem a qual abre-se a porta a todas as perversões.

Mesmo assim, podem-se colocar algumas questões. E o *Talmud* as coloca. Acabamos de aprender: alguém que peça perdão ao seu próximo a fim de liberá-lo da falta cometida em relação a ele, não deve solicitar mais do que três vezes. Por que Rav suplicou treze vezes? Resposta: Rav é alguém completamente diferente. É um ser excepcional. Ou, se se quiser, a situação é excepcional: ele ofendeu seu mestre. A ofensa feita ao mestre difere de qualquer outra ofensa. Mas o outro, não é ele num certo sentido sempre o seu mestre? Vocês podem se comportar como Rav. Além do mais, pode-se algum dia deixar de pedir perdão? Nossos erros nos aparecem na medida em que fazemos prova de humildade. A busca do perdão não termina jamais. Nada está terminado jamais.

Mas como Rav Hanina pôde ser tão duro ao recusar por treze vezes o perdão humildemente pedido a ele? Treze vezes apenas já que, no décimo-quarto *Iom Kipur,* Rav não-perdoado partiu para ensinar na Babilônia. A atitude de Rav Hanina é ainda menos explicável visto que Rabah havia ensinado: "perdoam-se todos os pecados a quem quer que seja que abdique do seu direito." Com efeito, quem quer que abdique de seu direito se comporta como se ele só tivesse deveres, como se a verdadeira caridade começasse e terminasse não por si mesma, mas sim pelo outro. A intransigência de Rav Hanina não colocava Rav na posição daquele a quem todos os pecados serão perdoados?

A explicação que a *Guemará* nos dá sobre a conduta de Rav Hanina me deixa desconfortável: Rabi Hanina teve um sonho em que Rav aparecia pendurado numa palmeira; ora, alguém que apareça assim num sonho está destinado à realeza. Rav Hanina pôde entrever a realeza próxima de Rav, quer dizer, sua promoção ao cargo de chefe de escola (existe outra realeza para um judeu?). Deve ser porque Rav Hanina teria adivinhado que Rav seria o seu sucessor e teria preferido vê-lo partir. História banal!

Isso é um absurdo. É preciso compreender nosso texto de outra maneira. Eu sofri bastante. Contei minhas dificuldades aos amigos. O *Talmud* exige discurso e sociedade. Infeliz do autodidata! Certamente que é preciso ser ajudado pela sorte e encontrar interlocutores inteligentes. Falei de minha decepção justamente a uma jovem poetisa judia, Madame Atlan. Eis a solução que ela propõe: a partir do momento em que se trata de sonho, trata-se de psicanálise e de inconsciente. De psicanálise *avant la lettre*, seguramente: o *Talmud* – espírito que luta com a letra – não poderia levar adiante sua luta se ele não fosse toda a sabedoria do mundo *avant la lettre*. Ora, na história que queremos resolver, do que se trata? Rav reconhece sua falta e pede perdão a Hanina. O ofendido pode conceder seu perdão quando o ofensor tomar consciência de seu erro. Primeira dificuldade: as boas intenções do ofendido. Não temos dúvidas quanto à personalidade de Rav Hanina. Por que ele se mostra intratável? É que existe outra dificuldade: o ofensor pode medir por si próprio a extensão de seus erros? Sabemos até que ponto vai a nossa má vontade? E, dessa forma, temos verdadeiramente o poder de solicitar o perdão? Rav achava, sem dúvida, que tinha sido ríspido ao se recusar a recomeçar a leitura do texto quando Rav Hanina bar Hama, seu mestre, entrou na escola. Ora, Rav Hanina sabe através de sonho mais do que Rav sabia dele mesmo. O sonho revelava as ambições secretas de Rav para além do gesto inofensivo que estava na origem do incidente. Rav, sem saber, desejava o lugar de seu mestre; assim sendo, Rav Hanina não pôde perdoar. Como perdoar se o ofensor, ignorando seus pensamentos mais profundos, não pode pedir perdão? A partir do momento em que você entra na rota das ofensas, você entra, talvez, numa via sem saída. Há duas condições para o perdão: a boa-vontade do ofendido e a plena consciência do ofensor. Ora, o ofensor é essencialmente inconsciente: a agressividade do ofensor é talvez a sua própria inconsciência. A agressão é por excelência desatenção. Na sua essência, o perdão seria impossível. Sou grato a minha jovem Diotima por haver-me bem guiado (mesmo que o sonho revelador não tivesse sido, na história, sonhado pelo paciente).

Porém, talvez exista algo diferente aí. Pode-se a rigor perdoar quem falou sem ter consciência. Mas é mais difícil perdoar Rav, que estava plenamente consciente e a quem se prometia grande destino, profeticamente revelado a seu mestre. Podem-se perdoar muitos alemães, mas alguns alemães é difícil de se perdoar. É difícil perdoar Heidegger. Se Hanina não podia perdoar Rav, justo e humano, porque era também o genial Rav, pode-se ainda menos perdoar Heidegger. Eis-me aqui de volta à atualidade, às novas tentativas de desculpabilizar Heidegger, de liberá-lo de sua responsabilidade, tentativas incessantes que estão – é preciso confessar – na origem do presente colóquio.

Eis o que eu tinha a dizer a propósito da página do tratado *Ioma*. Já que vocês me concedem ainda alguns minutos, vou fazer uma aproximação dessa página, em que não se tratava de assassinatos mas de ofensas verbais, com uma situação mais trágica na qual o perdão se obtém a um preço mais elevado, se de qualquer modo ainda for possível obtê-lo.

No programa do colóquio deste ano não consta, efetivamente, – o que deploro vivamente – o comentário habitual da Bíblia por André Neher. Sei que com esta parte final de minha conferência, consagrada à Bíblia, não terei condições de evitar essa lacuna, mas torná-la-ei mais sensível. Aproximarei assim ao menos meu comentário do tema principal deste encontro: os problemas que as relações com os alemães e com a Alemanha nos colocam.

O capítulo 21 de *Samuel II* conta que houve três anos de fome na época do rei David. O rei interrogou o Eterno e assim descobriu que "isso é por causa de Saul e dessa cidade de sangue, assim como porque ele matou os guibeonitas". Versículo misterioso como um oráculo. Os guibeonitas são, com efeito, um povoado canaãense mencionado no livro de Josué. Eles foram salvos ao se apresentarem em falsos farrapos aos conquistadores da Terra Prometida, dizendo-se originários de um país longínquo, não canaãense. Eles conseguiram, através dessa artimanha, uma promessa de aliança; sua artimanha descoberta, eles foram reduzidos à condição de carregadores de água e de lenhadores. A promessa foi assim respeitada, mas o antigo texto bíblico não relata qualquer violência que eles teriam sofrido por parte de Saul. O nosso texto diz misteriosamente: "Saul tratou de atingi-los em seu zelo por Israel." O *Talmud* nos explicará, seguramente, mil anos mais tarde, os erros de Saul. Mas, sem esperar tanto tempo, David chamou os guibeonitas para escutar suas queixas. Eles se queixam de que o rei Saul lhes havia tornado impossível a presença na terra de Israel, que ele os havia perseguido e tentado exterminá-los. Eles não querem nem ouro, nem prata. Nenhuma reparação! Nenhum ódio em relação aos filhos de Israel! Mas que se lhes dê sete descendentes de Saul. Eles irão matá-los pregando-os ao rochedo na Montanha de Saul. E David respondeu: eu os darei.

O livro de Samuel conta, em seguida, que David foi tomar a Ritspá, filha de Aiá, concubina de Saul, dois de seus filhos; que ele foi, de outra parte, tomar cinco filhos a Mischal, filha de Saul (ela havia sido sua própria mulher, mas Saul a havia casado com outro durante a desgraça e exílio de David. Toda a dificuldade consiste em saber como ela poderia ter cinco filhos, mas o essencial é que ela os tinha). De Mefiboschet, filho de Jonatan, David se apiedou. Os sete infelizes príncipes, entregues aos guibeonitas, foram pregados às paredes de um rochedo. Mas Ritspá, filha de Aiá, permaneceu junto aos cadáveres desde a estação das primícias da cevada (desde após *Pessach*) até as primeiras chuvas (época de *Sucot*); cada noite ela recobria de sacos os corpos dos supliciados, protegendo-os dos pássaros do céu e das feras dos campos...

Admirem a grandeza selvagem de um texto do qual meu resumo traduz mal a extrema tensão. O tema é claro: trata-se de uma exigência de talião a qual, queira-se ou não, leva ao derramamento de sangue. E sem dúvida toda a grandeza daquele que se chama o Antigo Testamento consiste em permanecer sensível ao sangue derramado, em não poder recusar essa justiça a quem clama vingança, em experimentar o horror pelo perdão dado por procuração, quando somente a vítima tem o direito de perdoar. Mas eis o que diz o *Talmud* (tratado *Ievamoth*, 58 b – 59 a).

David não teria esperado três anos para explorar as razões da fome que atingia seu país. Em primeiro lugar, ele havia pensado que a causa da infelicidade estava na corrupção dos homens. A fome sancionaria a idolatria? Não se encontrou nenhum culto estrangeiro em Israel. O desregramento? Não havia uma só mulher de má vida no país. Supôs-se então que houvesse em Israel – e isso parece tão grave, conquanto mais escondido, quanto a idolatria e o desregramento – pessoas que prometem sem manter a palavra, que fazem belos discursos sem praticar atos, que fazem comitês de recepção sem dar hospitalidade. Não se encontraram tais comitês em Israel.

Então David disse a si mesmo: a infelicidade não depende dos costumes; deve haver uma falta política, uma injustiça que não depende de pessoas particulares. O rei interroga Deus e recebe uma dupla resposta. O versículo misterioso sobre a falta de Saul denunciaria duas injustiças ainda não reparadas: uma falta em relação aos guibeonitas exterminados por Saul, outra falta cometida em relação a Saul, a quem a sepultura real não havia sido concedida. Não se enterraram seus ossos com as honras devidas a sua condição de rei.

Mas a falta de Saul contra os guibeonitas, cujo traço procuramos em vão na Bíblia, o *Talmud* tem conhecimento dela. Ela teria sido indireta: executando os sacerdotes da cidade de Nov, Saul teria deixado sem subsistência os guibeonitas que os serviam. O *Midrasch* quer que o crime de exterminação comece antes dos assassinatos, que a opressão e o desenraizamento econômico estejam assinalados desde o seu começo, que as Leis de Nüremberg já contenham em germe os horrores dos campos de exterminação e da "solução final". Mas quer igualmente que não haja falta que apague o mérito: existe ao mesmo tempo uma queixa contra Saul e a lembrança do seu direito. Os méritos e as faltas não entram em uma contabilidade anônima para se anularem ou se adicionarem. Elas existem de maneira particular, quer dizer, são incomensuráveis, exigindo individualmente o seu próprio pagamento.

Por que David pôde poupar Mefiboschet? A piedade não levara à exceção, ao arbitrário, à injustiça? O *Talmud* nos assegura: David não foi parcial no momento da escolha das vítimas. Foi a Arca Santa quem separou, entre os descendentes de Saul, os filhos culpados e os inocentes. Ela traz um princípio objetivo. Que, no caso, tornou-se então a piedade de David, à qual o texto bíblico faz menção? Houve uma prece para salvar Mefiboschet. Vamos generalizar este texto piedoso: reconhecer a prioridade do objetivo não exclui o papel que as pessoas desempenham; não existe coração sem razão, não existe razão sem coração.

Segunda questão: tem-se o direito de punir os filhos pela falta dos pais? Resposta: mais vale que se perca uma letra da *Torá* do que se profanar o nome do Eterno.

Punir os filhos pelas faltas dos pais é menos assustador do que tolerar a impunidade quando um estrangeiro é ofendido. Que os viandantes saibam: em Israel, os príncipes morrem de morte horrível, caso os estrangeiros sejam ofendidos pelo rei. O respeito ao estrangeiro e a santificação do nome do Eterno formam uma estranha igualdade. E todo o resto torna-se letra morta. Todo o resto é literatura. A busca do espírito para além da letra é a essência do próprio judaísmo. Não tivemos que esperar pelos evangelhos para isso.

Última questão: como se pôde, durante tantos meses, contrariamente ao interdito formal da *Torá,* expor os cadáveres humanos e assim profanar a imagem de Deus que eles trazem consigo? A mesma resposta: "Vale mais que uma letra da *Torá* se perca do que profanar-se o nome de Deus". A imagem de Deus é respeitada com mais ênfase no Direito que protege o estrangeiro do que nos símbolos. O universalismo prima por sobre a letra particularista do texto; ou mais exatamente, faz sobressair a letra, visto que ele dormia, explosivo, nessa letra.

Vejam, portanto, um texto bíblico que o *Midrasch* espiritualiza e interioriza, mas que ele resguarda no seu poder insólito e na sua dura verdade. A uma vítima que clamasse por justiça, mesmo se essa justiça lhe fosse cruel, David não poderia resistir. Àquele que exige "vida por vida", David responde "eu a darei". Não obstante, a *Guemará* ensina ainda mais. Um versículo (21, 2) do texto nos indica, aparentemente a título de simples informação histórica: "os guibeonitas não faziam parte dos filhos de Israel, mas sim do que restou dos amoreanos...". A *Guemará* acrescenta, a este versículo preliminar, um sentido de veredito. É David quem teria excluído os guibeonitas da comunidade de Israel e, dessa forma, os teria exilado entre os amoreanos. Para pertencer a Israel é preciso ser humilde (colocar alguma coisa ou alguém acima de si próprio), é preciso estar imbuído de piedade e ser capaz de atos desinteressados. Os próprios guibeonitas excluiram-se de Israel.

Que diferença poderemos fazer entre piedade e ação generosa? Elas não se pressupõem reciprocamente? É possível duvidar. Há corações que não se abrem até que o próximo corra um risco mortal; assim como há generosidades que se recusam a homens decaídos à condição de feras caçadas. Sob a ocupação, aprendemos a fazer essas distinções, da mesma forma que conhecemos igualmente almas cheias de humildade, de piedade e de generosidade, almas de Israel para além de Israel. Os guibeonitas que não tiveram piedade colocaram-se para fora de Israel.

É possível compreender-se de uma maneira mais precisa ainda os três sinais pelos quais quais se reconhece Israel. À humildade se acrescentam o sentido de justiça e o impulso para a bondade desinteressada. Mas a estrita justiça, mesmo ao lado da bondade desinteressada e da humildade, não basta para formar um judeu. É preciso que a própria justiça já esteja mesclada à bondade – e é essa combinação que está prevista na palavra *Rahamim*, que traduzimos mal por piedade. Trata-se dessa forma especial de piedade que vai ao encontro daquele que suporta os rigores da Lei. Não há dúvida de que foi essa piedade que faltou aos guibeonitas!

Tenho a impressão de ter aludido ao tema evocado por Jankélévitch*, quando ele abriu este colóquio, mesmo que ninguém

---

* Vladimir Jankélévitch (1903-1985), pensador cuja obra bastante diversificada, toma em consideração a plenitude da existência humana e sua temporalidade. A originalidade e a influência de Vladimir Jankélévitch se impuseram não apenas na Filosofia Moral, disciplina que ensinou toda sua vida, mas também nos domínios da metafísica, da música e da musicologia (pianista, admirava sobretudo Liszt e Debussy), do engajamento do mestre e do pensador nos grandes debates contemporâneos (o mal, a morte, a eutanásia, o ato moral, as atitudes da consciência, a opção política, a fidelidade à memória das vítimas do nazismo, a dificuldade de perdoar os carrascos e seus cúmplices, a defesa do estudo da filosofia no ensino secundário, etc.). Filósofo da vida, filósofo na vida, ele se obrigava, com efeito, a adotar sempre conjuntamente a perspectiva do olhar, da escuta e da análise e a perspectiva da ação, do engajamento no movimento do real. No campo da Filosofia Moral, ele renovou não apenas com originalidade o estudo das grandes categorias éticas como a virtude, a boa e a má-consciência, o amor, a atitude diante do mundo, a vontade, a temporalidade e o instante, o próprio mistério da existência moral ("o que está feito resta a fazer"), mas ele também reabriu para uma reflexão rigorosa os campos até então considerados de pouco peso epistemológico: o "quase-nada", o "eu-não-sei-o-que", a ironia, o enfado, o impuro, a aventura, todos temas ao mesmo tempo banais e intempestivos que ele tocava com uma precisão atenta ao infinitesimal. Segundo Baladier, C. In: *Encyclopaedia Universalis*, Paris, CD-Rom, 1999. (N. do T.)

nesta sala tenha pedido que se preguem nos rochedos os descendentes dos nossos carrascos. O *Talmud* nos ensina que não se pode obrigar os homens que exigem a justiça de talião ao perdão. Ele nos ensina que Israel não contesta esse direito imprescritível aos outros. Porém, ele nos ensina, acima de tudo, que se Israel reconhecer tal direito, ele não o exige para si próprio, que ser de Israel não basta para reivindicá-lo.

E após esta visão sombria da condição humana e da própria Justiça, o que ainda resta, o que se eleva para além da crueldade inerente à ordem racional (e talvez da Ordem, simplesmente) é a imagem dessa mulher, dessa mãe, dessa Ritspá Bat Aiá que, durante seis meses, monta guarda junto aos cadáveres de seus filhos, misturados aos cadáveres daqueles que não são seus filhos, a fim de preservar dos pássaros do céu e das feras dos campos as vítimas da justiça implacável dos homens e de Deus. O que resta, depois de tanto sangue e de tantas lágrimas vertidas em nome de princípios imortais, é a abnegação individual que, em meio aos sobressaltos dialéticos da justiça e de todas as reviravoltas contraditórias, encontra, sem hesitações, um caminho direto e seguro.

SEGUNDA LIÇÃO:
TEXTO DO TRATADO *SCHABAT*
(pp. 88 a e 88 b)

E eles se detiveram ao pé da montanha...
(Êxodo 19-17)*.*

Rav Abdimi bar Hama bar Hassa disse: Isso nos ensina que o Santo-Bendito-seja suspendeu por cima deles a montanha em forma de selha invertida, e que Ele lhes disse: "se vocês aceitam a *Torá,* tanto melhor; senão, esta aqui será a sua tumba."

Rav Akha bar Jacob disse: Eis aí uma grande advertência com relação à *Torá.* Raba disse: contudo, eles a aceitaram novamente na época de Aschasverósh, pois está escrito (*Ester* 9, 27): "os judeus reconheceram e aceitaram." Eles reconheceram aquilo que eles haviam aceitado.

Scheskia disse: "está escrito (*Salmos* 76, 9): Do alto do céu fizeste ouvir Tua sentença; a terra amedrontou-se e permaneceu imóvel (calma)'". Se ela se amedrontou, por que permaneceu calma? Se ela permaneceu calma, por que se amedrontou? – Resposta: primeiro ela se amedrontou, por fim tornou-se calma.

E por que a terra se amedrontou? Isto está de acordo com Resch Laquisch. Porque Resch Laquisch ensinava: o que significa o versículo (*Gênese* 1, 31): "A noite se fez, depois a manhã; esse foi o sexto dia"? O artigo definido é uma demasia. Resposta: Deus tinha concluido um contrato pelas obras do Começo: se Israel aceitar a *Torá,* vocês subsistem; senão, eu os farei retornar ao caos.

Rav Simai ensinou: quando os Israelitas se empenharam em *fazer* ao invés de *entender*, seiscentos mil anjos desceram e destinaram a cada Israelita duas coroas, uma para o fazer, outra para o entender. Considerando-se que Israel tinha pecado, um milhão e duzentos mil anjos exterminadores desceram e retiraram as coroas, como foi dito (*Êxodo* 33, 6): "os filhos de Israel renunciaram aos seus ornamentos no dia do Monte Horeb."

Rav Hama bar Hanina diz: em Horeb eles se paramentaram e em Horeb eles renunciaram aos ornamentos. Em Horeb eles se paramentaram como acaba de ser dito (ornamentos no dia do monte Horeb) e em Horeb eles renunciaram a eles de acordo com nosso versículo: "eles renunciaram no dia do Monte Horeb."

Rabi Iohanan disse: Moisés mereceu guardá-los todos, pois está dito logo depois (*Êxodo* 33, 7): "De Moisés, ele tirou a tenda…"

Resch Laquisch disse: o Santo Bendito-seja irá devolvê-los para nós no futuro, porque está escrito (*Isaías* 35, 10): "os remidos do Eterno então voltarão e entrarão em Sion cantando, com uma alegria eterna sobre suas cabeças …" Alegria eterna – alegria de antanho.

Rabi Eliezer disse: quando os israelitas se empenharam em fazer ao invés de entender – uma voz do céu clamou: "quem revelou aos meus filhos este segredo do qual se servem os anjos, porque está escrito (*Salmos* 103, 20): 'Bendigam o Eterno, vocês, seus anjos, heróis poderosos, que executam suas ordens atentos ao sentido de sua palavra.'" Primeiro fazer, depois entender.

Rav Hama bar Hanina disse (*Cântico* 2, 3): "Da mesma forma que a macieira em meio às árvores da floresta, assim é o meu bem-amado dentre os jovens." Por que Israel foi comparado a uma macieira? Resposta: para que vocês aprendam que, do mesmo modo como na macieira os frutos precedem as folhas, assim também Israel se empenhou em fazer antes de entender.

Um saduceu viu Raba mergulhado no seu estudo, o que mantinha seus dedos tão crispados que o sangue lhes escorria. Ele lhe disse: "povo apressado, em quem a boca ultrapassa as orelhas, vocês sempre se encontram em estado de precipitação. Vocês deveriam antes entender se vocês são capazes de aceitar, e daí então aceitar; e, caso vocês não sejam capazes, não aceitem." Raba respondeu: nós que caminhamos na integridade, está escrito a nosso respeito: "a integridade dos justos é o seu guia (*Provérbios* 11, 3); sobre aqueles que caminham por vias tortuosas, está escrito *(ibid)*: 'a perversão daqueles que não têm fé é a sua ruína.'"

A Tentação da Tentação [1]

Serei tão breve quanto possível. Esta tarde prevê três conferências em lugar das duas inicialmente previstas. Quero que vocês possam, de forma absoluta, escutar a todo mundo.

---

1.   No quadro de um colóquio consagrado às "Tentações do Judaísmo".

Meu texto é tirado do tratado *Schabat*, páginas 88 *a* e 88 *b*. Não tenho a consciência tranqüila. Ao escolher por título de meu comentário "A Tentação da Tentação", não terei de antemão cedido à tentação de colocar expoentes nas palavras como se elas fossem números? Outros escrúpulos me confundem. Durante a sessão de hoje pela manhã, exigiu-se a ação. Teria chegado o momento em que as interpretações devem cessar para que esse mundo possa enfim sofrer mudanças! Eu ia desistir. Mas retomei um pouco da confiança quando pensei na impossibilidade de eximir-me de qualquer tipo de discurso em relação à própria evolução do mundo. Não será preciso questionar os camaradas que transformam o mundo? E de que maneira escapar aos horizontes flanqueados por esse falar que interpela?

Por fim, tenho um pouco de vergonha de comentar sempre os textos hagádicos do *Talmud* e de não me aventurar nunca na *Halakhá*. Que posso fazer? A *Halakhá* exige uma musculatura do espírito que não é outorgada a todo mundo. Não posso ter essa pretensão. Meu modesto esforço, como vocês já puderam constatar, diante do texto que se compõe de uma série de observações, aparentemente disparatadas, consistirá em procurar a unidade e a progressão do pensamento que elas configuram.

Para aqueles que me escutam pela primeira vez, quero sublinhar que meu comentário não se propõe a decifrar uma pretensa linguagem cifrada. Eu não pretendo, junto aos mestres cuja discussão convoco, uma concordância tácita acerca do valor simbólico dos termos utilizados. Não disponho de nenhuma chave para decifrar os livros mágicos. Nosso texto inclusive não se lhes assemelha em nada.

Enfim, no meu comentário, a palavra Deus aparecerá raramente. De um ponto de vista religioso, ela exprime a noção mais clara; filosoficamente, a mais obscura. Esta noção poderia ser elucidada pelos filósofos a partir de situações éticas, pelo sentido humano que os textos talmúdicos descrevem. O caminho inverso seria, seguramente, mais edificante e mais piedoso; ele não seria, todavia, mais filosófico. A teosofia é a própria negação da filosofia. Não se tem o direito de partir de uma familiaridade pretensiosa com a "psicologia" de Deus e com seu "comportamento" a fim de compreender os textos nos quais se desenham os caminhos difíceis que conduzem à compreensão do Divino, o qual só pode ser aclarado, se é que podemos nos exprimir assim, através das encruzilhadas em que se cruzam os caminhos humanos e onde estes caminhos o requisitem ou o anunciem.

A tentação da tentação talvez descreva a condição do homem ocidental. Primeiramente, nos costumes. Ele se posiciona para uma vida aberta; ele está ávido para tentar de tudo e tudo experimentar, "apressado por viver, impaciente por sentir[2]". Sobre esse ponto, nós outros, os judeus, tentamos, todos, ser ocidentais, da mesma maneira como Gaston Bachelard tentava ser racionalista. A vida de Ulisses, apesar de seus infortúnios, parece-nos uma vida maravilhosa, e a de Don Juan, apesar de seu trágico fim, como invejável. É preciso antes ser rico, gastador e múltiplo ao invés de ser essencial e uno. Com que convicção Amar pronunciou esta manhã as palavras: "entrar na história". Oh, acima de tudo não recusar nenhuma possibilidade! Não passar ao largo da vida! Entrar na história com todas as armadilhas que ela prepara aos puros; e, no entanto, supremo

2. Viazemsky citado por Púschkin em epígrafe no primeiro canto de *Eugênio Oneguin.*

dever, sem o qual nenhuma proeza terá valor. Não haveria glória alguma em triunfar sobre a inocência. É preciso viver apaixonadamente, perigosamente, desejar os dois termos das alternativas. À tentação da tentação – à sua lucidez integral – apenas se poderia opor a inocência, conceito essencialmente negativo ao qual estão associadas a ingenuidade e a infância, imprimindo-lhe a marca do provisório. Seria, porém, proibido buscar outra antítese à tentação da tentação? Este comentário aventurar-se-á a isso.

Na *República*, depois de ter traçado o ideal de um Estado justo, mas austero, Platão foi levado a mudar de projeto. É preciso uma cidade justa e razoável. Porém, nela deve haver de tudo. É preciso que nela novas necessidades surjam e proliferem. Todas as tentações devem ser possíveis. E no *Midrasch*, ao relatar o embarque de Noé, os talmudistas adicionam, com ironia, os *chedim*, os demônios, os espíritos sem corpo, os tentadores das civilizações pós-diluvianas, aos seres que se salvam na Arca, visto que sem eles, indubitavelmente, a humanidade do futuro não poderia ser, apesar de sua regeneração, uma verdadeira humanidade.

O cristianismo também é tentado pela tentação, e nisto ele é profundamente ocidental. Ele prevê uma vida dramática e uma luta contra o tentador, mas prevê também uma vida em comum com esse inimigo íntimo. Depois de ter escutado as conferências de ontem, acho que a pessoa do Cristo permanece ainda longínqua para nós. Os judeus – ou pelo menos sua esmagadora maioria – continuam particularmente insensíveis a Jesus. Isso constitui para os cristãos, sem dúvida, um grande escândalo, tal a insensibilidade judia em relação à pessoa que lhes é a mais comovedora. Em contrapartida, todos os judeus ocidentais sentem-se particularmente interessados pela vida dramática, pela vida de tentações representada pela vida cristã. O cristianismo nos tenta através das tentações – mesmo que elas tenham sido superadas – que preenchem os dias e as noites de seus próprios santos. Comumente, nós sentimos horror pela "calma maçante" que reina no judaísmo regulado pela Lei e pelo rito.

Em oposição à existência limitada e excessivamente bem definida, os ocidentais querem provar de tudo e por si mesmos, querem percorrer o universo. Impossível o universo sem os círculos do inferno! O todo dentro da sua totalidade, este é o mal acrescentado ao bem. Percorrer o todo, tocar o fundo do ser, isso é descobrir o equívoco que aí se enrosca. Mas a tentação não torna nada irreparável. O mal que integra o todo ameaça tudo demolir, mas o eu tentado ainda permanece de fora. Ele pode escutar o canto das sereias sem se comprometer a retornar a sua ilha. Ele pode tocar de leve, ele pode conhecer o mal sem sucumbir a ele, prová-lo sem provar, experimentá-lo sem vivê-lo, aventurar-se em segurança. O que tenta, no caso, é essa pureza em meio ao compromisso universal, ou então esse compromisso que deixa você puro. Ou, se se quiser, a tentação da tentação é a tentação do saber.

A tentação da tentação não é a atração exercida por tal ou qual prazer em relação ao qual o tentado arrisca entregar-se de corpo e alma. O que tenta aquele que é tentado pela tentação não é o prazer, mas sim a ambigüidade da situação na qual o prazer ainda se torna possível, enquanto que o eu conserva a sua liberdade em relação a ele, em que o eu ainda não renunciou a sua segurança, ao domínio de si próprio. O que tenta, no caso, é a situação em que o eu mantém-se independente, porém essa independência, no caso, não o exclui daquilo que deve absorvê-lo para exaltá-lo ou perdê-lo; nesse caso, ele está, ao mesmo tempo, fora de tudo e participando de tudo.

Desse modo, a tentação da tentação é a tentação do saber. A repetição, uma vez iniciada, não pára mais. Ela é infinita: a tentação da tentação é, igualmente, a tentação da tentação da tentação etc... A tentação da tentação é a filosofia que se opõe à sabedoria que sabe tudo sem experimentá-lo. Ela parte de um eu que, em seu envolvimento, assegura-se de um permanente não-envolvimento. O eu talvez nada seja além disso. Um eu pura e simplesmente envolvido é ingênuo. A situação é provisória: é um ideal ilusório. Por outro lado, para retornar ao eu não comprometido, o eu e a sua separação do eu envolvido não constituem talvez a última condição do homem. Ultrapassar a tentação da tentação seria, portanto, ir mais longe no seu eu envolvido do que em si-mesmo. As páginas que vamos comentar não poderiam nos mostrar o caminho?

Por trás do quadro de valores que presidem aos nossos costumes – ou sobre seu pano de fundo ou, pelo menos, de acordo com os sentimentos que os animam – deixa-se surpreender certa concepção do saber que ocupa um lugar priviliegiado na civilização ocidental.

Unir-se o mal ao bem, arriscar-se nos escaninhos ambíguos do ser sem naufragar no mal e, para tanto, manter-se acima do bem e do mal, isto é saber. É preciso experimentar tudo por si próprio, mas experimentá-lo sem, no entanto, experimentá-lo antes de estar envolvido com o mundo. Visto que experimentar, simplesmente, é de antemão envolver-se, escolher, viver, limitar-se. Saber é experimentar sem experimentar, antes de vivenciar. Queremos saber antes de fazer. Porém, o que queremos é só um saber inteiramente experimentado pelas nossas próprias evidências. Nada empreender sem tudo saber, nada saber sem antes ter ido ver por si mesmo, quaisquer que possam ser as desventuras dessa experiência. Viver perigosamente – mas seguro – no mundo das verdades. Vista sob este ângulo, a tentação da tentação é, como dissemos, a própria filosofia. Nobre tentação, que se torna quase não-tentação e, ao invés disso, coragem. Coragem com segurança, eis a sólida base de nossa velha Europa.

Mas a opinião, que abusa da credulidade e da ignorância e que é reconhecida como a única inimiga, legitima, se se pode dizer assim, essa curiosidade universal, essa indiscrição ilimitada e antecipadora que é o saber – lugar do *a priori* e do fato, e que nos faz esquecer a sua alegria malvada, o seu despudor e as suas próprias abdicações e impotências –, ou seja, tudo aquilo que, nas horas de grandes perigos e catástrofes, não obstante, teria podido fazer-nos lembrar as origens luciferianas dessa nobreza, assim como a tentação à qual essa indiscrição está vinculada. E seguramente ela vale infinitamente mais do que a opinião. Mas é possível que, justamente, não estejamos diante de uma alternativa: talvez a exigência da verdade a legitimar essa tentação da curiosidade encontre vias mais puras. Tal é, pelo menos, a hipótese que guia este comentário.

De qualquer maneira, a filosofia pode ser definida como a subordinação de qualquer ato ao saber que se possa obter desse ato, sendo neste caso o saber justamente essa exigência implacável de não se passar ao largo de nada, de ultrapassar a estreiteza congênita do ato puro e, dessa forma, remediar a sua perigosa generosidade. A prioridade do saber é a tentação da tentação. A ingenuidade do ato é atenuada: daqui em diante ele só acontecerá após conjecturas, após um cuidadoso exame dos prós e dos contras. Ele não mais será desinteressado, nem generoso, nem perigoso, não mais deixando o outro entregue à sua alteridade, mas sim compreendendo-o sempre no conjunto, abordando-o sob o amplo horizonte do todo numa perspectiva histórica, como se diz hoje em dia. Disto resulta o desconhecimento do outro enquanto outro, como estranho a qualquer conjectura, como próximo e recém chegado.

Assim imersos no saber, na lucidez total do saber preliminar ao ato, satisfazemos não apenas a necessidade legítima de dar um sentido à ação e então de agir conscientemente; nele realiza-se também um gesto de recusa em relação à espontaneidade ingênua, que é a condição – será, porém, verdade? – da generosidade do impulso desenfreado para levar tal ingenuidade, entendida como antítese da generosidade, a tudo assumir, o bem e o mal, a fim de que ela se mostre por inteiro, a fim de que ela se deixe tentar para que, no perigo da tentação, ela possa conjurar esse perigo do desconhecido. A tentação da tentação: eis a vida do ocidental tornando-se filosofia. Será isso a filosofia?

Todo ato que não se faz preceder pelo saber é tratado em termos pejorativos: ele é ingênuo. Somente a filosofia suprime a ingenuidade e nada aqui parece substituir-se à filosofia. Seria o caso de opor-se-lhe a espontaneidade que, neste caso, ela é chamada a atenuar?

A generosidade de pura espontaneidade, que é um fato destacado do saber, não seria, abstração feita a toda civilização, perigosa em si mesma? Por outro lado, a generosidade ingênua não é, na sua essência, uma situação provisória e que só artificialmente poderia ser preservada das tentações? À tentação da tentação, quando ela revela sua face filosófica e científica, pode-se opor a ingenuidade da fé, tão convicta ela parece estar da proveniência divina da mensagem à qual está colada? Pode a infância responder com segurança, de maneira duradoura, ao tentador? A resposta afirmativa a esta questão por vezes é dada pelo cristianismo. O envolvimento espontâneo, em oposição à exploração teórica que, em princípio, deveria precedê-lo, ou é impossível e perigoso ou é provisório.

A menos que seja possível opor, ao saber precedido pelo empenho, outra coisa além do *fazer* inocente, infantil e belo como a generosidade; outra coisa além do *fazer* no sentido da práxis pura, que corta os nós dos problemas ao invés de desatá-los, práxis essa desdenhosa das informações com as quais o europeu tentado pela tentação – ao mesmo tempo aventureiro e homem de extrema segurança – quer cercar-se; o europeu seguro, na sua subjetividade extraterritorial, pelo menos de seu afastamento como sujeito, de sua separação em relação a qualquer outro e, dessa forma, seguro de uma espécie de irresponsabilidade em relação ao Todo. A menos que a noção de ato, ao invés de indicar a práxis em oposição à contemplação – movimento na noite –, nos conduza a uma ordem em que a oposição ao envolvimento e ao não-envolvimento não mais seja determinante e que preceda – ou mesmo que condicione – essas noções.

A Revelação de que trata o texto que vamos abordar permitirá descobrir essa ordem mais antiga do que aquela na qual se instala um pensamento tentado pela tentação.

Na lógica do pensamento ocidental, a Revelação, sob pena de mostrar-se inútil, deve comportar elementos que razão alguma poderia descobrir. Tais elementos devem, em consequência, repousar sobre uma ilhota de fideísmo ou uma confiança cega no mensageiro desses elementos. Àquele que os acolhe eles devem fazer correr o risco de serem enganados pelo diabo. Pelo contrário, se tais elementos estão aceitos porque já foram recomendados pela sabedoria daquele que os acolhe, eles são substituídos pela filosofia. Eles o seriam inclusive se a razão só devesse decidir a respeito da autoridade do mensageiro; isso porque, ainda aí, a certeza interior do fiel é o que controlaria a contribuição da Revelação, a qual – e eis aí o paradoxo –, no entanto, visa ultrapassar as oscilações e as dúvidas pretensamente inultrapassáveis da Razão.

O texto sobre a Revelação que estamos comentando diz respeito justamente a essa relação entre a mensagem da verdade e a acolhida a essa mensagem, a qual ainda não pode gozar do discernimento que tal mensagem deva, por si mesma, trazer. Trata-se, pois, naturalmente, de esclarecer o problema que a possibilidade de escapar à tentação da tentação coloca, excluindo-se o recurso à infância ou à recaída na infância, assim como à violência que se empreende continuamente para refreá-la. Talvez o texto nos proponha uma maneira de evitar a alternativa entre uma velhice infinitamente precavida e uma infância inevitavelmente imprudente, quando, de forma distinta, fixa a relação entre o ser e o conhecer. Ele provavelmente introduz uma noção que tira da tentação da tentação a importância com a qual ela se mostra aos nossos olhos.

Dividi o texto em pequenos parágrafos. Aliás, isso é feito normalmente. A dificuldade consiste, sobretudo, em estabelecer as bases e depois reestruturá-las. É isso o que vamos tentar fazer.

E conforme o nosso costume, comentaremos o texto ponto por ponto ao invés de percorrê-lo pura e simplesmente.

"E eles se detiveram aos pés da montanha..." Rav Abdimi bar Hama bar Hassa disse: "Isso nos ensina que o Santo-Bendito-seja suspendeu por cima deles a montanha em forma de selha invertida e, que Ele lhes disse: se vocês aceitam a *Torá,* tanto melhor; senão, esta aqui será a sua tumba."

A palavra de Rav Abdimi bar Hama se refere ao *Êxodo* 19, 17, no qual se trata de evento bastante importante da história de Israel – da doação da *Torá.* "Ao pé da montanha"? Na verdade, o texto exprime-se diferentemente: "embaixo da montanha", *betaschtith hahar.* O comentador foi buscar sutilezas capciosas através do hebraísmo. Ele se apegou à letra? Ele ignorou o hebraico? Ele é um espírito tão inculto que prefere emprestar às preposições um sentido absoluto em vez de se preocupar com aquilo que lhe vem o contexto? Ou Rav Abdimi finge tudo isso a fim de trazer um ensinamento? Se traduzirmos o texto literalmente, Israel está colocado embaixo da montanha. A montanha transformou-se, pois, numa selha invertida, ela ameaça esmagar as tribos de Israel à mínima recusa em obedecer à lei. Bela conjuntura para exercer seu livre-arbítrio: uma espada de Dámocles! Ao sair do Egito, os israelitas vão receber a *Torá:* a liberdade negativa de libertados se transformará na liberdade da Lei gravada sobre a pedra, em liberdade das responsabilidades. É-se responsável já momento de escolher a responsabilidade? – Tal é o problema que sugere Rav Abdimi. A liberdade principia na liberdade? Isso seria, segundo Rav Abdimi, um círculo vicioso. Pensa ele, então, que a escolha da responsabilidade é feita sob ameaça e que a *Torá* não teria sido escolhida através do livre-arbítrio?

A escolha da maneira de ser judaica, da liberdade difícil de ser judeu, teria sido uma escolha entre esta maneira e a morte. Já *en brera!* "A *Torá* ou a morte" – "A verdade ou a morte" – não haveria um dilema que o homem se coloca. Esse dilema seria imposto pela força – ou pela lógica das coisas. O ensinamento, que é a *Torá,* não pode chegar até a pessoa humana por efeito de uma escolha: aquilo que deve ser recebido para tornar possível o livre-arbítrio não pode ter sido escolhido, a não ser *a posteriori.* No começo era a violência. A menos que tenha sido um consentimento distinto daquele que se faz depois de um exame e depois que a morte nos tenha ameaçado com uma infidelidade. A razão repousaria sobre a violência ou sobre um modo de consentimento que não se reduz à alternativa liberdade-violência e cuja violência ameace a renegação. Não seria a revelação precisamente o chamamento a esse consentimento, anterior à liberdade e à não-liberdade? Ela não seria, desse modo, simplesmente uma fonte de conhecimentos paralelos àqueles procedentes da luz natural, não estando a sua adesão *ao lado* da adesão interior que opera na evidência. A primeira condicionaria a segunda. A *Torá* seria exatamente esta pré-condição do pensamento livre que se recebe, mas sem a violência no sentido corrente do termo. Assim, a *Torá* desempenhará um papel de primeira categoria na própria teoria do conhecimento. O conteúdo recebido da *Torá* poderá expressar-se na sua coerência interior – como todas as filosofias que nela se inspiram ou que a renegam –, porém esta coerência do sistema não deveria estar pressuposta na experiência *prévia* da própria *Torá.*

A verdade ou a morte: seria isto a lembrança da educação, em que o espírito se adestra através da palmatória do mestre, a fim de se chegar à compreensão? Que o espírito tenha necessidade de aprimoramento traz no seu bojo o próprio mistério que é sugerido pela anterioridade da violência em relação à liberdade, à possibilidade de uma adesão anterior ao livre-arbítrio e à tentação, a qual se poderia qualificar de ingênua, visto que a ingenuidade é uma ignorância da razão em meio a um mundo dominado pela razão. Ela atrasa. Ela descondiciona. Efetivamente, eu poderia também me perguntar se "a *Torá* ou a morte" não significaria antes que, fora da *Torá*, o judaísmo apenas enxerga a desolação e, neste sentido, a escolha da *Torá* foi razoável e livre. Porém, isto seria, não obstante, afirmar que a escolha não comportou qualquer hesitação possível, que a livre escolha da *Torá* foi feita sem qualquer tentação possível.

Deixemos de lado, no momento, a eventualidade de um consentimento inicial ou prévio tão estranho à razão quanto a violência; deixemos de lado a análise de uma noção de consentimento que possa significar uma terceira via e que possa identificar-se com o desatino. Ela não se confunde com a noção filosófica de razão. Também isso está claro. A partir de então, a objeção seguinte é compreensível:

Rav Akha bar Jacob disse: Eis aí uma grande advertência com relação à *Torá*.

Grande advertência, tradução que os comentadores de expressão obscura tentam e cuja significação seria, a neles acreditar-se, um alerta. Eis-nos então advertidos; se a *Torá* for aceita sob ameaça de morte, é-nos cancelada, em caso de transgressão, a nossa responsabilidade. Deixemo-nos tentar, já que tudo é permitido! Admitir sem examinar ou pela violência e assim recusar-se à tentação não é livrar-se das tentações infinitas e irresistíveis da irresponsabilidade? Se a razão devia brotar de uma escolha sem razão, como preservar-se das escolhas irracionais? Ou, para retomar nossa maneira de formular o problema: se no Ocidente a tentação define a razão filosófica, esta definição esgota a noção de razão? Resposta: a recusa da tentação, a confiança concedida *a priori*, não devem ser definidas negativamente. A ordem fundada dessa forma estende-se, *a posteriori*, ao ato de fundação. A razão *advinda* compreende a sua pré-história.

Raba disse: contudo, eles a aceitaram novamente na época de Achasverósh, pois está escrito (*Ester* 9, 27): os judeus reconheceram e aceitaram. Eles reconheceram o que eles tinham aceitado.

Em primeiro lugar, tomemos estas linhas no seu sentido literal: se, ao pé do Sinai, a *Torá* impôs-se pela violência, ela foi, como se diz hoje em dia, assumida mais tarde, depois de a história judaica ter sido vivida. História atraente! Ester, contudo Haman; perigos e milagres. Como é bom ser judeu! A menos que depois de tais peripécias não se decida tirar o corpo fora: daqui para frente, nem triunfo, nem Haman, nem milagres, nem infelicidades.

No entanto, escolher na história judaica o futuro de uma aventura perigosa que vocês tenham sofrido devido a uma infidelidade feita à *Torá* (pois a aventura da *Meguilá* * explicar-se-ia dessa forma pelo *Talmud*), no sentido de justificar a *Torá* por essa aventura perigosa, talvez seja insinuar que o elo, entre a doação da *Torá* e a ameaça de morte, tem ainda outro sentido além daquele que se pode atribuir à verdade imposta pela violência: a própria *Torá* está exposta ao visto que o ser por si-mesmo é pura violência e nada se pode opor em acréscimo a essa violência do que a lei da *Torá* que lhe diz não. Lei que

---

* Na época da *Michná*, os livros eram escritos em uma *meguilá* (rolo); em seguida, a palavra *meguilá* designa apensas o rolo de Ester. (Segundo G. Wigoder (org.), *Dictionnaire Encyclopédique du Judaïsme*, Paris, Cerf, 1996, p. 649. (N do T.)

habita essencialmente na frágil consciência humana que mal a protege e onde ela corre todos os perigos. Aqueles que aceitam esta Lei vão, igualmente, de perigo em perigo. A história de Haman irritado por Mardoqueu irá confirmar esse perigo. Porém, o implacável peso do ser humano pode ser abalado por essa mera consciência imprudente. O ser humano recebe desde a *Torá* um desafio que compromete a sua pretensão em manter-se para além ou para aquém do bem e do mal. Ao contestar o absurdo "é assim mesmo" escorado no Poder dos poderosos, o homem da *Torá* transforma o ser humano em história humana. O movimento sensato sacode o Real. Se vocês não aceitarem a *Torá,* vocês não irão embora daqui, deste lugar de desolação e morte, deste deserto que devasta todos os esplendores da terra, vocês não poderão começar a história, romper o bloco do ser humano que se basta estupidamente, tanto quanto Haman bebendo com o rei Aschasverósh; vocês não poderão conjurar a fatalidade tão coerente quanto o determinismo dos eventos. Somente a *Torá,* saber utópico na sua aparência, assegura um lugar ao homem.

O texto talmúdico que acabo de comentar não se prendeu seguramente à letra do texto bíblico do livro de Ester. Faço questão de sublinhar esta discordância permanente entre aquilo que o *Talmud* extrai do texto bíblico e aquilo que consta literalmente nesse texto, bem como nossa tentativa de traduzir para a linguagem moderna o dizer talmúdico, que se coloca como alusivo e enigmático – quer dizer, que une sentidos múltiplos dos quais nós extraímos algumas elaborações –, insisto em sublinhá-lo para que nosso amigo Rabi, ao fazer o relato à imprensa deste Colóquio, não repita a objeção que fez ao precedente: "eu procurei os textos bíblicos indicados, nada do que se alegou que o *Talmud* tenha dito a propósito desses textos lá se encontra...". Eu insisti, mais de uma vez, sobre a extrapolação, pelo espirito talmúdico – espírito, não obstante, formado nas próprias letras que ele extrapola a fim de restabelecer, apesar das violências aparentes, o sentido permanente que essas letras trazem no seu bojo.

No texto bíblico ao qual se refere o nosso, trata-se de Ester que, para comemorar a libertação de *Purim,* instituiu uma festa que compreendia uma oferenda aos pobres, festim, leituras da *Meguilá.* Os israelitas "reconheceram e aceitaram" tudo isso. Porém, a palavra que traduz "reconheceram", *kymou,* pode significar "cumpriram". Receber a doação da *Torá* – uma Lei – é cumpri-la antes de assumi-la. Dez séculos depois do Sinai, a aceitação forçada teria sido encarada como livremente assumida. E eis que, vista de perto, esta livre aceitação volta a ser praticar antes de aderir. Não somente a aceitação precede à análise, mas a prática precede à adesão. É como se a alternativa liberdade-coação não fosse extrema, como se fosse possível aperfeiçoar-se as noções de coação e de adesão forçada decorrentes da coação ao se formular uma "prática" anterior à adesão voluntária; e seria como se, em consequência, a adesão acatada sob coação revelasse um para-além-da-liberdade-e-da-coação, um empenho que anularia aquilo que temos o costume de chamar de adesão – seria isso aquilo que, na derradeira parte de nosso texto, chamar-se-ia de *Temimut**?

---

*   *Temimut* quer dizer retidão: pouco antes do fim desta Leitura, o autor voltará a comentar longamente este termo. (N. do T.)

Vamos resumir o resultado obtido até agora: a liberdade começa naquilo que tem toda a aparência de coação sob ameaça. É possível que o texto nos ensine esta pedagogia da libertação. Será que se trata, no entanto, de uma pedagogia? De um método para crianças? Sem ser menos pura do que a liberdade que nasceria da liberdade (no não-envolvimento daquele que é tentado e que tenta nova oportunidade), a liberdade ensinada pelo texto judaico começa na não-liberdade, a qual – longe de ser escravidão ou infância – encontra-se acima da liberdade.

E isso introduz a sequência em que o tema se expande. A passagem seguinte nos mostra, efetivamente, que essa anterioridade de aceitação em relação à liberdade não exprime apenas uma possibilidade humana, mas que a essência do Real depende disso, visto que ela subentende o sentido derradeiro da criação:

Scheskia disse: está escrito (*Salmos* 76, 9): Do alto do céu fizeste ouvir Tua sentença; a terra aterrorizou-se e ficou imóvel (calma).

O universo no qual se manifesta o poder do Eterno assusta-se com a sua palavra. A palavra *vechakta*, que nós traduzimos por "imóvel", significa certamente a imobilidade da paz e, em consequência, literalmente exprime calma. Isso explica a questão: como é possível que a terra experimente ao mesmo tempo dois sentimentos opostos, medo e calma?

Nossos talmudistas não leram Corneille e nem ouviram falar de uma "obscura claridade que cai das estrelas"? Insensíveis aos efeitos literários, deve-se supor que eles desconfiam da dialética, para dar ensejo a que Scheskia possa colocar a questão seguinte:

"Se ela se aterrorizou, por que ela ficou calma? Se ela ficou calma, por que ela se aterrorizou?" – Resposta: "primeiro ela se aterrorizou e por fim ela se tornou calma."

Não apenas Scheskia ignora Corneille e pretende ignorar a conciliação dos contrários: além disso, ele parece estar seguro de que o salmo 76 se refere à doação da *Torá*. Sobre este ponto, moderemos nossa ironia; os grandes pensamentos não são sempre esclarecidos pelas grandes experiências? Nós outros, modernos, não dizemos: aqui estão as circunstâncias que me fazem finalmente entender tal palavra de Pascal ou tal palavra de Montaigne. Os grandes textos não são precisamente grandes devido à interação de que são capazes, entre os fatos e a experiência que os esclarecem e que por eles são guiados? Por fim, não se tem o direito de perguntar, ao ler o salmo 76, sobre qual é a situação concreta que justifica esse lirismo e que, afinal, não é um trecho de eloquência?

Porém, voltemos ao nosso texto. Agora sabemos como se resolve a contradição do versículo 9 e do salmo 76. Mas eis nova questão:

"E por que a terra se aterrorizou?" A resposta é fornecida através da doutrina de Resch Laquisch: "Porque Resch Laquisch ensinou: O que significa o versículo (*Gênese* 1, 31): 'A noite se fez, depois a manhã; esse foi o sexto dia'"? O artigo definido é excessivo. Resposta: Deus tinha concluído um contrato pelas obras do Começo (com o Real que teria de surgir): se Israel aceitar a *Torá*, vocês subsistem; senão, Eu os farei retornar ao caos.

(O sexto dia da Criação faz alusão a um dia definido: ao sexto dia do mês de Sivan, dia da outorga da *Torá*.)

A montanha invertida como uma selha por cima dos israelitas ameaçava, pois, o universo. Assim sendo, Deus não criou sem se ocupar do sentido da criação. O ser humano tem um sentido. O sentido do ser humano, o sentido da criação – isto é a realização da *Torá*. O mundo está dado a fim de que a ordem ética tenha a oportunidade de cumprir-se. O ato através do qual os israelitas aceitam a *Torá* é o ato que outorga um sentido à realidade. Recusar a *Torá* significa o ser humano retornar ao nada. Pode-se ver, então, como o versículo 9 do salmo 76 – desde que foi pedido – estendeu o alcance da situação que examinamos acima, numa escala mais elevada, ao conjunto do Ser. O pobre universo teve que aceitar a sua subordinação à ordem ética e o Sinai instituiu, para ele, o momento no qual se decidiu sobre o seu "ser" ou o seu "não ser". A recusa dos israelitas teria significado, para o todo o universo, um sinal de aniquilamento. De que maneira o ser humano aperfeiçoa o seu ser? O problema da ontologia, portanto, irá encontrar sua resposta na descrição do gesto através do qual Israel acolhe a *Torá*. Tal gesto consiste – esta é a tese que sustentamos – em ultrapassar a tentação do mal ao se evitar a tentação da tentação.

Chegamos à terceira parte – essencial ao nosso propósito. Ela vai fazer ressaltar o caráter incomparável do evento ímpar que é a doação da *Torá:* aceitamo-la antes de conhecê-la. O que se torna escandaloso para a lógica e que pode passar por uma fé cega ou uma ingenuidade de confiança infantil – e que não obstante configura todo fato de ação inspirada, mesmo que artística – é que o ato pelo qual apenas se faz surgir a forma, nele é reconhecido o seu modelo nunca visto até então. No entretanto, devemos nos perguntar se toda ação inspirada não procede da situação única e primeira de doação da *Torá;* se, à luz desta situação, não se depreende o sentido da própria inspiração; se, mais precisamente, a inversão da cronologia normal de aceitação e de conhecimento não indica uma superação do saber – uma superação da tentação da tentação –, indicando uma superação distinta daquela que consistiria em retornar à ingenuidade infantil. Esta, de fato, se mantém ainda aquém de toda tentação, não protege contra a tentação e, na sua essência provisória, requer ela mesma ser protegida. Ultrapassar a tentação da tentação é um ato que não resultaria de uma humanidade subdesenvolvida. É um esforço inteiramente adulto.

Rav Simai ensinou: considerando-se que os israelitas se engajaram em *fazer* antes de *entender*, seiscentos mil anjos desceram e atribuiram a cada israelita duas coroas, uma para o *fazer*, outra para o *entender*.

"Nós vamos fazer e nós vamos entender" – Rav Simai sublinha o caráter extraordinário desse dizer bíblico. Seiscentos mil anjos descem – o número não é aleatório; cada israelita tinha seu anjo, o dom dos anjos manterá um caráter pessoal – e atribuem a cada israelita duas coroas, uma para o "fazer" e a outra para o "entender". A tradição judaica, sabemos, se compraz nesta inversão da ordem normal na qual o entender precede o fazer. A tradição não deve ter esgotado todas as possibilidades deste erro de lógica e todo o mérito que consiste em agir antes de compreender.

É exato que os israelitas tenham falado contra toda lógica e contra toda razão razoável? Talvez eles tenham expressado a sua confiança: pela confiança depositada naquele que fala prometemos obedecer e, desde logo, vamos escutar o que ele nos diz. Nada é menos paradoxal. Salvo o próprio nascimento da confiança anterior a qualquer análise. Contudo, o texto talmúdico qualificará, algumas linhas abaixo, o paradoxo dessa inversão como "mistério de anjo", parecendo, conseqüentemente, estar bem consciente do problema. Martin Buber, na sua tradução da Bíblia, descobre uma interpretação engenhosa: ele interpreta o *vav* do texto como uma conjunção final, uso perfeitamente legítimo. "Nós vamos fazer *e* nós vamos compreender" torna--se: "Nós vamos fazer *a fim* de compreender".

Nossa posição é que é preciso buscar além. Não se trata de transformar o ato em modo de compreensão, mas sim de preconizar um modo do saber que revele uma estrutura profunda da subjetividade, que é a *Temimut*, com a qual se encerra o nosso texto. Decorre daí, em primeiro lugar, o cuidado em mostrar que a ordem, aparentemente invertida, é, pelo contrário, fundamental. Com efeito, os comentários colocam em questão: por que apenas duas coroas recompensavam o "nós vamos fazer e nós vamos entender"? Não estaria faltando uma terceira para recompensar a inversão da ordem?

É exato, porém, que as coroas eram recompensas? Não seriam elas o próprio esplendor que o fazer e o entender recebem ao seguir-se uma uma ordem inversa àquela postulada pela lógica? Nesta inversão, o entender e o fazer cessam de ser um mal-entendido e um fazer pela metade? As coroas dos anjos consagraram o esplendor que essas noções recebem na nova ordem. Nesta, elas tornam-se soberanas. Tentaremos explicar este paradoxo. Sublinhemos simplesmente que a ordem inversa opõe-se àquela em que se joga a tentação da tentação.

"Visto que em que Israel pecou, um milhão e duzentos mil anjos exterminadores desceram e retiraram as coroas, pois foi dito (*Êxodo* 33, 6): "os filhos de Israel renunciaram aos seus ornamentos no dia do Monte Horeb." "Rav Hama bar Hanina diz: em Horeb eles se paramentaram, e em Horeb eles renunciaram aos ornamentos. Em Horeb eles se paramentaram, como acaba de ser dito (ornamentos no dia do monte Horeb), e em Horeb renunciaram aos ornamentos, conforme o nosso versículo: eles renunciaram no dia do Monte Horeb."

O monte Horeb figura tanto para indicar o lugar e o tempo da renúncia, quanto para identificar os ornamentos. A leitura do talmudista, porém, consiste sobretudo em relacionar a elevação do Sinai (Horeb) com a queda. Elas são quase simultâneas. O judeu está em Horeb para se ornar e, ao mesmo tempo, ele se encontra lá para desfazer-se dos ornamentos; nós estamos prevenidos ao mesmo tempo contra qualquer complacência em relação à situação de um ser tentado, porém ja estamos tentados pelo mal e sucumbindo a ele. A excelente escolha que faz com que o fazer passe adiante do entender não impede a queda. Não é contra a tentação que ele nos previne, mas contra a tentação da tentação. O pecado por si próprio não destrói a integridade, a *Temimut* que se expressa na ordem em que o "nós faremos" precede o "nós entenderemos". Trata-se de um pecado que se segue, com efeito, a uma tentação, mas que não é tentado pela tentação: ele não coloca em questão a certeza do bem e do mal; ele permanece pecado triste sem coroas, ignorando o triunfo alcançado pelas faltas livres de escrúpulos e de remorsos. Daí decorre, para o pecador, uma via de retorno. A adesão ao bem para aqueles que dizem "nós faremos e nós entenderemos", não é resultado de uma escolha entre o bem e o mal. Ela é anterior. Esta adesão incondicional ao bem, o mal pode corroê-la sem destruí-la. Ela exclui todas essas posições para aquém ou para além do bem, sejam elas o imoralismo dos estetas ou dos políticos, ou o supramoralismo dos religiosos, isto é, toda essa extraterritorialidade moral aberta pela tentação da tentação. Com efeito, o que indica que o fazer do qual se fala na fórmula comentada não é simplesmente a práxis oposta à teoria, mas sim uma maneira de *atualizar sem se começar pelo possível*, de conhecer sem examinar, de colocar-se por fora da violência, sem que isso seja um privilégio da livre-escolha. Existiria um pacto com o bem anteriormente à alternativa do bem e do mal.

Triste pecado. Os israelitas se afligem após sua queda tão rápida, tão fácil. "Os filhos de Israel renunciaram a seus ornamentos"; seguramente se trata de tristeza. Mas também de sua causa. A *Torá* não nos vai contar uma miserável história de jóias, mesmo que fosse o caso extraordinário de mulheres que tivessem cessado de ornamentar-se. Num texto sagrado, só pode se tratar de jóias essenciais: de coroas celestes perdidas pela falta daqueles que quiseram igualar-se a outros povos, examinar antes de aceitar, sem temer a tentação da tentação. Eles não puderam deixar de sentir o seu vínculo original com o bem que os fez proferir: "nós faremos e nós entenderemos".

Por que seiscentos mil anjos para trazer as coroas e o dobro para retirá-las? Eram coroas belas e pesadas, cada uma requerendo os esforços de um anjo. Porém o generoso ato da elevação humana percorre a metade do caminho da glória que o coroa. A menos que a queda de homens vivos, que não estejam mais à altura da cultura que trazem, os ligue imediatamente a essa cultura, transformada em peso morto através dos filólogos que a elevam penosamente à altura de suas teorias. Eis aí o judaísmo sem judeus, deixado ao sabor dos historiadores!

Porém, as coroas celestes não estavam perdidas para todo mundo.

Rabi Iohanan disse: Moisés mereceu guardá-las todas, porque, está dito logo depois (*Êxodo* 33, 7): "Para Moisés, ele tomou a tenda…"

Pouco importa a referência ao *Êxodo,* Moisés guarda suas duas coroas. Nossa confiança infantil em Moisés é assim confirmada e adulada. Não há mais, nesse texto? Talvez, como André Amar e como o jovem estudante que interveio ontem e que se perguntava se o judaísmo não se tornou uma abstração, tanto a realidade destoa do modelo mítico dos livros, o texto quer nos falar desses momentos da história judaica em que o judaísmo se encontra quase sem judeus, em que ele é praticado ou estudado apenas por uma ínfima minoria, por um só homem talvez, em que parece recolher-se inteiro nos tratados, imobilizar-se por trás das encadernações, em que os judeus vivos perderam, enquanto judeus, toda expressão. O texto afirma sem prová-lo, lamentavelmente – que mesmo nessas condições, o judaísmo não perdeu todo esplendor. Moisés permanece rei coroado, mesmo que tenha perdido seu reino. O jovem estudante de ontem, inquieto de ver que ele se dirigia, para reencontrar seu judaísmo, sempre a judeus que eles mesmos o haviam perdido, pode-se reassegurar: os mestres do *Talmud* previram esta situação; eles a consideram grave, mas não desesperada. O judaísmo não perdeu seu esplendor pelo fato de, em uma determinada época, ocorrer-lhe de viver em algumas consciências somente ou de recolher-se aos livros que o contêm como o cérebro de Moisés recolhido na tenda. Eis Resch Laquisch que retoma a palavra:

Resch Laquisch disse: o Santo bendito-seja devolver-nos-á as coroas no futuro, porque está escrito (*Isaías* 35, 10): os resgatados do Eterno voltarão então e entrarão em Sião cantando, uma alegria eterna sobre suas cabeças ... Alegria eterna – alegria de antanho.

Moisés não permanecerá pois o único coroado: o judaísmo sairá dos livros onde ele se mantém e dos círculos restritos que o cultivam. A promessa messiânica não é possível sem que a perfeição primeira seja devolvida a cada um individualmente, sem que cada um reencontre sua coroa pessoal. Não insistirei, o texto parece dizê-lo de uma maneira direta, sem esperar pelo comentador.

Nosso texto retorna agora à ordem paradoxal do "nós faremos e nós entenderemos". Os talmudistas nunca deixam de se espantar. As duas alíneas seguintes sublinham enfaticamente a importância dessa ordem e mostram também o cuidado dos talmudistas em distinguir a inversão da ordem e a expressão da simplicidade das almas infantis.

Rabi Eliezer disse: quando os israelitas se engajaram a "fazer" antes de "entender" – uma voz do céu clamou: "quem revelou aos meus filhos este segredo do qual se servem os anjos, porque está escrito (*Salmos* 103, 20): 'Bendigam o Eterno, vocês, seus anjos, heróis poderosos, que executam suas ordens, atentos ao som de sua palavra.'"

Eles executam antes de entender! Trata-se de um segredo de anjos e não da consciência infantil. Israel teria sido pois um outro Prometeu. Ele teria arrebatado o segredo das inteligências puras, das inteligências separadas. "Nós faremos e nós entenderemos", que nos pareceu contrário à ordem lógica, é a ordem da existência angélica.

Eis a segunda passagem que sublinha a mesma idéia: a nova ordem não é simplesmente natural e espontânea.

Rav Hama bar Hanina disse (*Cântico* 2, 3): Como a macieira entre as árvores da floresta, assim é meu bem-amado entre os jovens. Por que

Israel é comparado a uma macieira? Resposta: para ensinar-lhes que, como na macieira os frutos precedem as folhas, Israel se engajou a fazer antes de entender.

Mas onde se viu macieiras que têm frutos antes de portar folhas?

Rav Hama disse que é assim: tais macieiras existem! Os autores das tossafot colocam a mesma questão. Nada prova, dizem eles, que o texto hebraico fale de macieiras e de maçãs. Trata-se de cidras. As cidras permanecem sobre a árvore durante dois anos, e podem pois parecer esperar as folhas. A imagem é bela. Eis-nos aqui em um pomar maravilhoso em que os frutos chegam antes das folhas. Maravilha das maravilhas: história cujo resultado precede o desenvolvimento. Está tudo lá desde o começo. O fruto que nega a semente é a imagem por excelência da negatividade da história e da dialética: o fruto está lá por toda eternidade. A história não se desenvolve, mas se prolonga. A ordem definitiva espera as folhas entre as quais outros frutos surgirão[3].

Para nosso problema, que é o da tentação da tentação, a idéia de um fruto precedendo as folhas (e as flores) é evidentemente essencial: a *Torá* foi recebida fora de qualquer iniciativa exploradora, fora de qualquer desenvolvimento progressivo. O verdadeiro da *Torá* se dá sem precursor, sem se anunciar antes

3. A identificação dos frutos que aparecem na Bíblia tornou-se questão de costumes linguísticos. Por que, assim, não tomar a liberdade de traduzir por "cidra" onde a tradição traduz por "maçã"? Com que direito, por exemplo, o fruto proibido, causa do pecado original, é identificado à maçã? Os rabinos do *Talmud* afirmam que o fruto proibido cuja consumação permite o conhecimento do bem e do mal era o trigo. Eles ligam a queda da humanidade ao seu alimento fundamental. Ao menos se compreende que em tudo isso não se trata de botânica.

em sua idéia (como o Deus de Malebranche), sem se anunciar em seu "ensaio", num projeto de aproximação, e é o fruto maduro que se dá e se toma assim, e não o que pode se oferecer à mão infantil que tateia e explora. O verdadeiro que se oferece, de uma tal maneira, é o bem que precisamente não deixa, a quem o acolhe, o tempo de se voltar e de explorar, cuja urgência não é um limite imposto à liberdade mas que atesta, mais do que a liberdade, mais do que o sujeito isolado, que a liberdade constitui uma responsabilidade irrecusável para além dos envolvimentos assumidos onde talvez se conteste o eu absolutamente separado, pretendendo deter o último segredo da subjetividade.

Mas eis aqui a parte final. Esta prioridade do fazer sobre o entender, esta inversão da ordem lógica – segredo dos anjos – dá lugar a uma troca de idéias entre dois interlocutores, um saduceu e um sábio de Israel. Eis um colóquio dentro de um colóquio. Trata-se do saduceu do qual se falava hoje pela manhã? Os editores do *Talmud* imprimem tanto saduceu quanto filósofo. Um cristão antijudaico? Em todo caso, alguém que não reconhece a maneira judaica de estar na verdade, que não pode admitir o particularismo da atitude judaica face à verdade; o saduceu é um europeu:

Um saduceu viu Raba mergulhado em seu estudo...

Mergulhado em seu estudo! Coisa espantosa, essa gente que quer agir antes de entender não são ignorantes. Pode-se vê-los sempre estudando.

...que mantinha seus dedos tão crispados que o sangue escorria.

O espetáculo não é muito edificante: esperar-se-ia ver Raba meditar sonhando, acariciar-se a barba ou esfregar-se as mãos. O gesto de Raba é bizarro: ele esfrega seu pé tão fortemente que o sangue escorre: à força de abandonar-se ao estudo!

Como por acaso, esfregar para que o sangue escorra é talvez a maneira pela qual é preciso "esfregar" o texto para chegar à vida que ele dissimula. Muitos dentre vocês pensarão com razão que, nesse momento mesmo, estou esfregando o texto para fazer dele escorrer sangue. Aceito o desafio! Alguma vez já se viu uma leitura que seja outra coisa que este esforço exercido sobre um texto? Na medida em que ela repousa sobre a confiança acordada ao autor, ela só pode consistir nesta violência feita às palavras, para arrancar-lhes o segredo que o tempo e as convenções recobrem com seus sedimentos, desde que essas palavras se exponham ao ar livre da história. É preciso, esfregando, retirar esta camada que as altera. Penso que vocês verão este método como natural. Raba esfregando o pé exprimia plasticamente o trabalho intelectual ao qual se entregava. Estava pois refletindo profundamente quando o saduceu o insultou:

Povo apressado, em quem a boca passa antes das orelhas (vocês falam antes de entender, vocês dão seu acordo antes de examinar), vocês se encontram sempre em estado de precipitação. Vocês deveriam entender se vocês são capazes de aceitar e então aceitar; e, se vocês não são capazes, não aceitar.

A objeção é clara: a precipitação aparece como o maior vício do julgamento. Vocês andam muito rápido, vocês cumprem antes de entender, vocês não tomam distância, vocês não são lúcidos. E Raba – para colocar a relação do homem com a

revelação fora da ordem onde se joga o "julgamento" – refere-
-se à Escritura. O saduceu reconhece as Escrituras; o versículo
deve poder convencê-lo.

Nós que caminhamos na integridade, está escrito sobre nós: "a integridade dos justos é seu guia; daqueles que caminham por vias tortuosas, está
escrito: a perversidade dos que não têm fé é sua ruína." (*Provérbios* 11, 3)

A citação não se reduz a um simples apelo à autoridade.
Não é tampouco necessário tomá-la como um texto "morali-
zador" prometendo ao obediente a segurança e ameaçando o
revoltado de ruína. A integridade e a perversidade não concer-
nem aqui à estrutura lógica do sujeito? A integridade não seria
aqui não uma norma de conduta mas uma norma de conhecimento? A subjetividade integralmente feita para o verdadeiro
seria aquela que mantém com ele uma aliança prévia à toda
manifestação desse verdadeiro em uma idéia.

Mas eis aonde conduz esta integridade lógica da subjetividade: a relação direta com o verdadeiro excluindo o exame prévio
do seu teor, de sua idéia – quer dizer, o acolhimento da Revelação – só pode ser a relação com uma pessoa, com outrem. A
Torá é dada na Luz de um rosto. A epifania do outro é *ipso facto*
minha responsabilidade com respeito ao outro: a visão do outro
é desde já uma obrigação a seu respeito. A ótica direta – sem
meditação de nenhuma idéia – só pode se realizar como ética.
O conhecimento integral ou Revelação (recepção da *Torá*) é
comportamento ético.

Um tal conhecimento não tem necessidade de interromper sua marcha, desde o princípio orientada, para interrogar-se
sobre o caminho a seguir. "Nós faremos e nós entenderemos"
não exprime a pureza da alma confiante, mas a estrutura de
uma subjetividade agarrada ao absoluto; o conhecimento que se

coloca à distância, o conhecimento sem fé, é *logicamente* tortuoso; o exame precedendo a adesão – excluindo a adesão, comprazendo-se na tentação – é, antes de mais nada, uma degenerescência da razão e, apenas por isso, a corrupção da moral.

O sim do "nós faremos" não pode ser um engajamento de um fazer enquanto fazer, de uma não se sabe qual praxis maravilhosa, anterior ao pensamento e cuja cegueira, fosse ela a da confiança, levaria à catástrofe. Trata-se pelo contrário de uma lucidez atenta como a dúvida, mas engajada como o *fazer* – de um saber de anjo do qual todo saber posterior só fará comentário; trata-se de uma lucidez sem tatear, não precedida de um saber-hipótese, de uma idéia, de um saber-ensaio. Porém um tal saber é aquele do qual o mensageiro é, ao mesmo tempo, a própria mensagem.

Escutar uma voz que lhes fala é *ipso facto* aceitar a obrigação com respeito ao outro que fala. A inteligibilidade não começa na certeza de si, na coincidência consigo mesmo a partir da qual podemos nos dar o tempo e uma moral provisória, tudo tentar e deixar-se tentar por tudo. A inteligibilidade é uma fidelidade ao verdadeiro, incorruptível e prévia a toda aventura humana; ela protege esta aventura como uma nuvem, que segundo o *Talmud,* envolvia os israelitas no deserto.

A consciência é a urgência de uma destinação, levando ao outro e não um eterno retorno a si. Mas o "nós faremos" não exclui o "nós entenderemos". A fidelidade prévia não é uma ingenuidade: tudo nela pode e deve tornar-se discurso e livro pedindo discussão. A inocência da qual falava Jankélévitch – admiro seu dom para adivinhar os textos que ele acredita fechados a seu dom para as línguas – é uma inocência sem ingenuidade, uma retidão sem simploriedade, retidão absoluta que é também crítica absoluta de si, lida nos olhos daquele que é o objeto desta retidão e cujo olhar me coloca em questão. Movimento para o outro que não retorna ao seu ponto de origem como para aí retorna o divertimento incapaz de transcendência. Movimento para além do cuidado e mais forte que a morte.

Retidão que se chama *Temimut*, essência de Jacob. A integridade, tomada no sentido lógico e não como característica de um natural infantil, desenha, quando se a pensa até o fim, uma configuração ética. Porém Jacob, o homem íntegro, o mais direito dos homens, *Iche Tam*, é também o homem conhecedor do mal, astuto e sagaz.

Permitamo-nos acrescentar a este comentário algumas considerações filosóficas que ele inspira ou das quais ele se inspirou.

Não acabamos de exaltar, a título de integridade, a atitude anticientífica? Não acabamos de relegar assim o judaísmo às doutrinas da obediência sem pensamento, no conservantismo da opinião e na Reação? Não acabamos de cometer a imprudência de afirmar que a primeira palavra, aquela que torna possível todas as outras e até o não da negatividade e até o "entre-os--dois" que é "a tentação da tentação", é um sim incondicional?

Incondicional, seguramente, mas não ingênuo. Um sim ingênuo, nós o sublinhamos o bastante – permaneceria sem defesa contra o não e as tentações que nasceriam em seu seio para devorar o próprio seio que os terá posto no mundo. Trata-se de um *sim* mais antigo que a espontaneidade ingênua. Pensamos, como nosso texto, que a consciência e a pesquisa tomadas por condições delas mesmas são, como a ingenuidade, tentação da tentação, via tortuosa, levando à ruína. Os *bogdim* são os infiéis rompendo um pacto fundamental. A eles se opõem os *iescharim*, os homens direitos. A retidão, fidelidade original em relação a uma aliança irresilível, pertinência, consiste a confirmar essa aliança e não a se engajar por se engajar, a cabeça em primeiro lugar.

Dir-se-á que essa aliança prévia não havia sido concluída livremente? Porém, o caso é que raciocinamos como se o eu tivesse assistido à criação do mundo e como se o mundo tivesse provindo do seu livre arbítrio. Presunção de filósofo. A Escritura critica-a em Jó.

A distinção entre o livre e o não-livre é derradeira? A *Torá* é uma ordem à qual o eu faz adesão sem que nela tenha entrado, uma ordem para além do ser e da escolha. Antes do eu-que-se-decide, coloca-se a saída do ser. Não através de um jogo sem consequências que brotaria num canto qualquer do ser, no qual a trama ontológica se afrouxa; mas sim através do peso exercido em algum ponto do ser, sobre o restante de sua substância. Esse peso chama-se responsabilidade. Responsabilidade pela criatura – ser do qual o eu não foi o seu autor –, que não deu começo ao eu. Ser eu é ser responsável para além do que se praticou. A *Temimut* consiste numa substituição do eu pelos outros. O que não indica nenhuma escravização, visto que a distinção entre o mestre e o escravo pressupõe desde logo um eu instituído.

Dizer que a pessoa começa na liberdade, que a causalidade primeira é a liberdade e que a primeira causa é alguém, isso significa fechar os olhos a este segredo do eu: à relação com o passado que não retorna e que tampouco se coloca na condição de assumir esse passado e muito menos o seu simples resultado. A forma pessoal do ser, o seu egocentrismo, é uma destruição da crostra do ser. Qualquer sofrimento do mundo pesa sobre o ponto em que se produz uma exclusão, uma inversão da essência do ser. Um ponto substitui-se ao todo. Ou, mais exatamente, esse sofrimento, essa impossibilidade de subtrair-se opera essa exclusão. Poder-se-iam inverter os termos? O mundo pesaria com todo o seu sofrimento sobre o eu pelo fato de este ter estado livre para compadecer-se ou não? Somente o ser livre teria sido sensível ao peso do mundo que ele, desta forma, tomou sobre si?

Pelo menos reconhecer-se-á que essa liberdade não tem qualquer disponibilidade para assumir tal peso e, conseqüentemente, é como se ela estivesse de imediato comprimida ou desfeita sob o peso do sofrimento. Essa condição (ou não-condição) de refém é uma modalidade essencial para a liberdade – a primeira – e não um acidente empírico de uma liberdade sempre soberba. Nesta impossibilidade de subtrair-se ao chamamento imperioso da criatura, a assunção em nada não ultrapassa a passividade.

Certamente, minha responsabilidade por todos pode manifestar-se também através da limitação: em nome da responsabilidade ilimitada, o eu pode ser chamado a preocupar-se também consigo. O fato de que cada outro, o meu próximo, é igualmente "terceiro" em relação ao próximo, convida-me à justiça, à ponderação e ao pensamento. E a responsabilidade ilimitada, que justifica essa preocupação com a justiça e consigo mesmo, bem como com a filosofia, pode ser esquecida. O egoísmo então nasce, nesse esquecimento. Porém, o egoísmo não é nem primeiro e nem último. A impossibilidade de escapar a Deus – o que neste caso, pelo menos, não é um valor entre outros – é o "mistério dos anjos", o "nós faremos e nós entenderemos". Este está contido no fundo do eu enquanto eu, o que não quer dizer apenas a possibilidade da morte do ser, a "possiblidade da impossibilidade", mas desde logo a possibilidade do sacrifício, o nascimento do sentido na obtusidade do ser, de um "poder morrer" submetido ao "saber sacrificar-se".

TERCEIRA LIÇÃO:
TEXTO DO TRATADO *SOTA*
(p. 34 b-35 a)

"Que eles nos explorem a terra" (*Deuteronômio* 1, 22). Rav Hiia bar Aba diz: os exploradores buscam apenas a vergonha da terra", pois a respeito disso foi dito "que eles nos explorem (*veiaschpru*) a terra" (*Deuteronômio* 1, 22) e, por outro lado, foi dito (*Isaías* 24, 23): "a lua terá vergonha (*veschapra*) e o sol ficará confundido" etc.

"Eis seus nomes*: para a tribo de Rubem, Schamúa, filho de Zacur" (*Números* 13, 4). Rav Itzhak diz: nós temos uma tradição segundo a qual os exploradores são denominados de acordo com os seus atos, mas nós sabemos interpretar apenas um nome, o de Setur, filho de Michael. Setur porque ele invalidou (*satar*) as palavras do Eterno bendito-seja. Michael, porque ele o enfraqueceu (*mach*). Rav Iohanan disse: nós podemos explicar ainda um nome: Naschbi, filho de Vofsi. Naschbi porque ele escondeu (*heschbi*) as palavras do Eterno. Vofsi

---

* Para a tradução dos nomes bíblicos seguimos, em todos os capítulos, *A Lei de Moisés. Torá*, São Paulo, Sefer, 2001, tradução de (1962) Meir Matzliah Melamed z "l; comentários de (1978) Menahem Mendel Diesendruck z "l; comentários editados por Jairo Fridlin. (N. do T.)

porque ele passou por cima (*pasah*) dos atributos do Eterno bendito-seja.

"Eles foram em direção ao sul e ele veio a Hebron" (*Números* 13, 22). O texto deveria conter: e "eles vieram"; Raba respondeu: Isso nos ensina que Caleb se separou da "conspiração dos exploradores", estendeu-se sobre a tumba dos patriarcas e implorou: "meus pais, peçam misericórdia para que eu permaneça preservado da "conspiração dos exploradores". Para Josué, Moisés já havia suplicado misericórdia, pois está escrito (*Números* 13, 16): "e Moisés deu o nome de Iehoshúa a Oshêa, filho de Nun"; que *Jah* (Deus) te preserve da conspiração dos exploradores". Por isso, está escrito (*Números* 19, 24): "quanto a meu servidor Caleb, visto ter sido ele animado por um espírito diferente" etc.

"Lá se encontravam Aschiman, Scheshai e Talmai" etc… (*Números* 13, 22). Aschiman, porque ele foi o mais forte entre seus irmãos (*Asch-Iamin*); Scheshai, que transformou a terra em fossas; Talmai, que cavou sulcos na terra. (Outra explicação: Aschiman construiu Anat, Scheshai edificou Alasch e Talmai edificou Talbusch).

"Descendentes de Anak": eles ultrapassaram (*maanikim*) por seu tamanho o sol (ou eles carregavam o sol num colar ao redor do pescoço).

"Hebron foi construída sete anos antes que Tsoán" (*Números* 13, 22). O que significa foi construída? Se "construir" for tomado literalmente, como admitir que um pai instale seu filho mais jovem antes que o seu primogênito? Ora, não está escrito (*Gênese* 10, 6): "*E os filhos de Ham eram: Cusch, Mitsráim, Put e Canaã?* 'Construída'" só pode, portanto, significar o seguinte: que Hebron foi sete vezes mais cultivada que Tsoán. E contudo, em todo o país de Israel, não há tantos rochedos quanto em Hebron; é por esse motivo que aí se enterram os mortos. Dentre todos os países, não há outro mais fecundo do que o Egito, porque está escrito (*Gênese* 13, 10): "Tal como o jardim do Senhor, assim é o país do Egito." Ora, em todo o país do Egito não há lugar mais fértil do que Tsoán, porque está escrito (*Isaías* 30, 4): "Porque seus príncipes estavam em Tsoán." E, apesar de tudo, Hebron era sete vezes mais cultivada do que Tsoán.

Hebron é cheia de rochedos? Não está escrito (*Sam.* II, 15, 7): "No final de quarenta anos, Absalão disse ao rei: eu gostaria de ir a Hebron..." E Rav Ivía (e, segundo outros, Rabba ben Rav Hanan) não disse: ele foi buscar ovelhas em Hebron. E não nos ensina: os carneiros de Moab, as ovelhas de Hebron? – Isso não é uma objeção: porque o solo aí era magro foi que Hebron tinha pastos e o gado por lá engordava.

"Eles retornaram da exploração da terra e foram e retornaram" (*Números* 13, 25-26). Rabi Iohanan disse em nome de Rabi Simon ben Iohai: o ir é comparado ao retorno. O retorno se fez com "más intenções"; o ir já tinha sido com "más intenções".

"Eles lhe contaram e disseram: *"nós fomos mais longe"* (*Números* 13, 27) "mas o povo é forte" (versículo 28). Rav Iohanan disse em nome de Rabi Meir: uma calúnia que não tenha uma verdade na sua base não subsiste por muito tempo.

"'Caleb acalmou o povo com relação a Moisés' (*Números* 13, 30). Rabba diz: ele os seduziu pelas palavras. Quando Josué tinha começado a falar, eles gritaram: essa cabeça limitada procura falar? Então Caleb pensou: se eu os admoesto, eles me responderão da mesma forma e me reduzirão ao silêncio. Assim, ele disse: o filho de Amram fez apenas isso? Eles pensaram então que ele iria atacar Moisés e se calaram. Então ele continuou: Ele nos tirou do Egito, abriu o mar e nos nutriu com maná. Não devemos escutá-lo mesmo que ele nos diga para fazermos escadas para subir ao céu?" Nós iremos subir e conquistá-lo (*Números* 13, 30).

Mas os homens que tinham ido com ele disseram: nós não poderemos, etc. (*Números* 13, 31).

Rav Hanina bar Papa diz: os exploradores proferiram naquele momento uma grande coisa: "Ele é mais forte do que nós (*Números* 13, 31). Não leiam "do que nós", leiam "do que Ele": mesmo o Patrão, pode-se dizer, não pode retirar--lhes os seus utensílios.

"É um país que consome seus habitantes" (*Números* 13, 32). Raba ensinava: o Santo, bendito-seja, diz: Eu tinha uma intenção favorável e eles a levaram a mal. Minha intenção era boa: por todos os lugares em que eles chegavam, morria-lhes o notável a fim de que, na confusão, não se ocupassem deles. Alguns dizem: Foi Job quem morreu e todos os habitantes ficaram de luto. Mas eles próprios, eles interpretaram mal: é um país que consome os seus habitantes.

"E nos consideramos a nossos próprios olhos como gafanhotos, e assim o éramos aos seus olhos" (*Números* 13, 33).

Rav Mescharschaia diz: os exploradores mentiam. Eles podiam ser gafanhotos a seus próprios olhos; como poderiam saber que eles assim o eram considerados aos olhos dos outros? Isto não é uma objeção: estes faziam suas refeições de luto sob os cedros; no instante em que aqueles os viam, estes subiam nas árvores; e lá se instalavam. Então eles escutavam aqueles que estavam em baixo exclamar: vêem-se nas árvores homens que parecem gafanhotos.

"Então toda a comunidade ergueu a sua voz e chorou" (*Números* 14, 1). Raba disse em nome de Rabi Iohanan: "era o 9 av e o Santo, bendito-seja, disse: 'eles choraram sem razão; transformarei este dia num dia de lamentações permanente.'"

"E toda a comunidade pensou em apedrejá-los" (*Números* 14, 10) e logo em seguida: "E a Glória de Deus apareceu diante da Tenda de reunião" *(ibid.)*. Rav Hiia bar Abba diz: isso nos ensina que eles pegaram as pedras e as lançaram contra o Altíssimo.

E os homens que caluniaram a terra morreram de epidemia (*Números* 14, 37). Rav Schimon bar Laquisch diz: eles morreram de uma morte não natural. Rav Hanina bar Papa diz: Rav Schila de Kefar Tamarta ensinou: isso significa que sua língua se alongou para atingir o umbigo e vermes foram do umbigo à língua e da língua ao umbigo. Rav Nachman bem Itzhak diz: eles morreram de difteria.

Terra Prometida ou Terra Permitida[1]

O texto que escolhi no *Talmud* refere-se à crise que se produziu no final do primeiro ano de marcha dos israelitas no deserto e que explica que essa marcha se prolonga por trinta e nove anos, e se torna uma marcha de quarenta anos. Não por acaso esta marcha, que devia ser bastante curta, tornou-se uma longa erraticidade.

O capítulo 13 dos *Números* narra o seguinte: o Eterno recomenda a Moisés para enviar alguns homens para explorar o país de Canaã prometido aos filhos de Israel. Escolheram-se os exploradores. A Bíblia nos ensina os seus nomes; entre os doze, encontram-se Caleb e Josué; os exploradores, no seu retorno, declaram que a terra prometida a Israel é uma terra na qual Israel não poderá nem entrar, nem viver. Ela certamente é fértil, mas também terra que mata ou devora seus habitantes, terra que os consome; mas também terra habitada e guardada por homens demasiado fortes para os israelitas. A comunidade de Israel se desespera. Os dez exploradores (apenas Caleb e Josué haviam

---

1. No quadro de um colóquio consagrado a Israel.

testemunhado a favor da Terra prometida) morrem então atingidos por uma estranha doença (estranha segundo o *Midrasch*).

Eis o relato bíblico, que não vou comentar. Meu papel consiste em comentar as duas páginas do comentário que o *Talmud* da Babilônia consagra, no seu tratado *Sota,* a essa história. Aquilo que parece tão simples no texto bíblico, o medo que se apoderou dos filhos de Israel no momento em que eles estavam a ponto de atingir seu objetivo, vai tornar-se problemático no texto talmúdico que vamos ler. Chegaremos talvez a encontrar, no grande medo dos exploradores, angústias que nos são mais familiares e das quais, hoje mesmo pela manhã, trataram-se aqui. Vocês verão – eu talvez prometa muito e estou angustiado pela minha imprudência –, vocês verão também que o pensamento judaico, bem como a consciência judaica, conheceram, no curso da história, todos os escrúpulos e todos os remorsos, inclusive quando se tratava dos direitos os mais sagrados do povo ao qual se referiam.

Vou comentar a tradução que vocês têm diante dos olhos. Tradução extremamente rápida, feita em meio a mil outras ocupações. Ela não deve mostrar-se difícil por seu estilo: contudo, estou bastante contente de que o caráter um pouco árido desse texto sem ornamento se denuncie na própria tradução. Seria preciso – mas estarei à altura dessa tarefa? – fazer extrair um pouco de água deste texto desértico.

Espero que o nosso caro amigo Rabi, que sempre tem tido simpatia pelos meus esforços, apesar da decepção que lhe causam a obscuridade do meu método e os seus resultados, dispensar-me-á de considerações metodológicas que talvez se farão necessárias pelo uso que, mais uma vez, farei dessa hermenêutica.

Nas linhas que precedem imediatamente aquelas que eu havia traduzido, aprendemos – que isto não vá chocar aqueles que estão habituados ao sentido literal da Bíblia – que o envio de exploradores não havia sido, absolutamente, feito sob ordem de Deus. O texto dos *Números* diz, com efeito, expressamente o contrário. Mas combinando esse texto com o do *Deuteronômio,* os comentadores talmudistas atribuem o envio dos exploradores a uma decisão tomada pelos homens. Explorar essa Terra prometida que está tão próxima, não ir a ela com muito arrebatamento, mas procurar antes saber o que se passa nela, seria – e o *Talmud* mostra aqui toda a sua liberdade soberana, o seu poder de emprestar aos relatos e às imagens da Bíblia o seu sentido profundo, quer dizer, o seu sentido real – um pensamento humano. Conseqüentemente, a crise relatada por essa história é igualmente uma crise humana.

Abordemos agora a primeira alínea do texto:

"Que eles nos explorem a terra" (*Deuteronômio* 1, 22). Rav Hiia bar Aba diz: os exploradores só buscavam a vergonha da terra, pois a respeito disso foi dito "que eles nos explorem (*veiaschpru*) a terra" (*Deuteronômio* 1, 22) e, por outro lado, foi dito (*Isaías,* 24, 23): "a lua terá vergonha (*veschapra*) e o sol ficará confundido" etc.

Veiaschpru significa efetivamente "que eles explorem", mas *veschapra* significa "terá vergonha" e "a lua terá vergonha" e "o sol ficará confundido". O segundo sentido abrange o primeiro: aqueles que vão explorar a terra vão cobri-la de vergonha. Portanto, a intenção dos exploradores não era honesta. Ao invés de conhecer essa terra onde eles iriam entrar, os exploradores tinham, *a priori*, decidido cobri-la de vergonha. Singular método de exegese! Solicitação feita pelo texto, talvez. Mas igualmente uma tentativa de animar o texto através das correspondências e dos ecos. Ela irá cada vez mais mostrar o arbitrário.

Porém quando o talmudista, ao comentar um texto bíblico, remete a um outro texto bíblico – a remissão seria arbitrária –, é preciso ler cuidadosamente o contexto da passagem citada. Não é a explicação da palavra o que conta. Trata-se de associar uma "paisagem" bíblica a outra a fim de liberar dessa duplicidade o perfume secreto da primeira. Ora, em Isaías, o profeta anuncia uma terra angustiada, porém liberada pelo triunfo do Eterno. Quando o Eterno triunfa, "a lua tem vergonha e o sol fica confundido". Os comentadores do texto de Isaías não desconhecem que essa passagem refere-se a um evento cósmico, mas eles notam que a confusão da lua e do sol pode significar a confusão dos seus adoradores. Os adoradores do sol e da lua terão vergonha no momento em que a verdade pura de Deus for manifestada. Aproximemos tudo isso: os exploradores vão com destino a essa terra para que essa terra tenha vergonha, para que os adoradores dessa terra – por exemplo, os sionistas da época – tenham vergonha. Eles estão decididos, em nome da verdade, a confundir os sionistas.

Desculpem-me esses anacronismos, esses excessos de linguagem. Nós estamos entre amigos, nós estamos entre intelectuais, quer dizer, entre pessoas a quem se diz toda a verdade. Definiu-se o intelectual como aquele que sempre erra o seu tiro mas que, pelo menos, mira bem longe. Rabi disse que é o homem quem recusa a razão de Estado, quer dizer, quem diz a verdade. Eis uma terceira definição: o homem com o qual não usamos eufemismos, a quem dizemos a verdade. Não tenhamos, pois, medo. Na passagem que comentamos, é-nos anunciada a intenção de alguns homens de envergonhar a todos aqueles que querem e esperam a Terra prometida. A Terra prometida não seria permitida.

Há, portanto, uma adoração da terra, e uma vergonha unida a esta adoração, e lamento que Domenach não esteja aqui: ele teria visto que existem judeus que, exatamente como os cristãos, querem a terra, mas que farejam alguma vergonha nesse querer, nessa cobiça.

Leiamos a segunda alínea. Evidentemente, não existe outro texto que peça menos comentários, fornecendo ao invés uma enumeração de nomes.

"Eis seus nomes: para a tribo de Rubem, Schamúa, filho de Zacur" (*Números* 13, 4). Rav Itzhak diz: nós temos uma tradição segundo a qual os exploradores são denominados de acordo com os seus atos, mas nós sabemos interpretar apenas um nome, o de Setur, filho de Michael.

Com efeito, há doze nomes no texto bíblico: o primeiro é Schamúa ben Zacur, e, perto do final, há Setur ben Michael. É-nos informado, ao menos neste trecho, que tais nomes não são sem significação, que essas pessoas usavam nomes predestinados, ou que lhes haviam sido designados em função de sua conduta. Nomes predestinados ou apelidos, e não à toa, não se sabe mais interpretar o sentido de todos os doze nomes... Ter-se-ia perdido a sua tradição. Compreende-se apenas um único nome: Setur ben Michael. Admirem as etimologias; elas exigem o texto, elas são forçadas a fazê-lo. Setur viria da forma verbal *satar*, que significa "ele desmentiu": ele desmentiu os atos do Eterno. "Setur porque ele desmentiu (*satar*) as palavras do Eterno bendito-seja. Michael, porque ele o enfraqueceu (*mach*)." Não apenas o nome de Setur teria sido predestinado, mas também o nome de seu pai.

Portanto, o primeiro cuidado dos exploradores teria consistido em desmentir a lenda dos atos realizados pelo Eterno, em contestar, em desmistificar a história santa; tudo aquilo que aconteceu, a saída do Egito e os milagres e as promessas, tudo aquilo não é verdade. Ou pelo menos não se pode falar a respeito; o que se pretende é silenciar a história santa. A história santa explica-se à perfeição simplesmente pela história política, econômica e social. A história judaica é uma história como as outras. Michael pode até significar, em bom hebraico, "aquele que é como Deus" (vocês conhecem nome mais bonito? Uma prece feita nome!) Vamos! Vamos! Michael vem da palavra *mach*, que significa "fraco". Michael significa: Deus fraco. O Eterno é não apenas um Deus que nunca fez nada, é um Deus que nada pode fazer. Ele não poderá jamais conquistar a Terra prometida. É um Deus frouxo. Seria loucura segui-lo!

Rav Iohanan disse: nós podemos explicar ainda um nome: Naschbi, filho de Vofsi. Naschbi porque ele escondeu (*heschbi*) as palavras do Eterno.

Por isso, Rav Iohanan é mais erudito do que Rav Itzhak. Sua informação é preciosa.

Os exploradores desmentiram a lenda de uma história santa; eles disseram que Deus não poderá cumprir as suas promessas; contestam, ainda mais, que Ele tenha alguma vez prometido o que quer que seja. Nada foi prometido. Quando se deseja criticar a qualquer preço, utilizam-se até mesmo argumentos que se contradizem. Ele não fez nada, Ele não prometeu nada, Ele é frouxo.

Filhos de Vofsi porque ele passou por cima (*pasah*) dos atributos do Eterno bendito-seja.

Ele passou por cima de Seus atributos e isso é muito grave. O atributo essencial de Deus é recompensar a virtude e punir o vício; eles passaram por cima dos Seus atributos. Tratava-se de ateus perfeitos. Deus não pode nada, Ele nunca fez nada, Ele não prometeu nada, e é-lhe indiferente que a virtude seja recompensada e o vício punido.

Eis pois o sentido da revolta desses homens: uma crise de ateísmo, uma crise muito mais grave do que aquela do Bezerro de ouro. A do Bezerro de ouro era ainda religiosa: trocou-se de Deus. Aqui, não há mais nada, contestam-se os próprios atributos da divindade.

O que torna esta crise ainda mais aguda (ou mais interessante), é a má-fé (ou a ironia) dos que a relatam. É preciso desconfiar de suas referências; quando elas são probantes – mas elas o serão, alguma vez? –, não são interessantes. É preciso observar a piscadela que esta aparente má fé nos dá. Eles teriam perdido a tradição relativa ao sentido dos demais nomes dos exploradores! Leiam esses nomes. Precisaríamos de uma tradição para compreender as virtudes que esses nomes consignam? Basta refletir sobre as raízes dessas palavras e demonstrar ainda menos imaginação ao se permitir extrair de Vofsi aquele-que-passou-por-cima! Schamúa ben Zacur: Aquele que escuta, filho d'Aquele que se lembra; Schafat ben Schori: Aquele que julga, filho d'Aquele que é livre; Iigal ben José: o Redentor, filho de José; Palti ben Rafú: Aquele que poupa, filho d'Aquele que foi curado. Seguramente, eu não posso tratar de todos os doze nomes desse jogo etimológico, mas entendo que os partidários da corrupção congênita de nossos exploradores tenham preferido esquecer-se da tradição! Amnésia conveniente! Descobriu-se para Michael *mach*, mas esqueceu-se de que Michael significa "aquele que é como Deus". Para Gadiel ben Sodi, esqueceu-se que ele é filho do Mistério. Todos os nobres sentidos desses nomes culpados foram milagrosamente perdidos! Não se trata, antes de mais nada, de afastar a suspeita de que toda essa detestável conspiração foi uma conspiração dos justos? Sobretudo, não se imagine que renegar a força de Deus, da história santa, das promessas e da justiça divinas, tenha-se dado no seio de gente tão pura quanto os intelectuais de esquerda. Portanto, vejam que com a sua "má-fé", o *Talmud* aprofundou singularmente o sentido literal do texto bíblico.

Agora podemos compreender a alínea três:

Eles foram em direção ao sul e ele veio a Hebron*

Não haveria, nessa frase, um erro quanto ao número? "Eles foram" e "ele veio"; a primeira metade do versículo está no plural e a segunda no singular – aquilo que os puristas, evidentemente, não podem perdoar. Quem já viu um erro de sintaxe na Bíblia? Os talmudistas alguma vez permitiram-se uma licença poética? Em todo caso, aqui, eles não podem deixar passar a incorreção: o texto deveria trazer "e eles vieram", no plural. Se ele traz "ele veio" e não "eles vieram" é porque eles partiram numerosos mas, no entanto, apenas um chegou até o fim.

"Raba respondeu: Isso nos ensina que Caleb se separou da conspiração dos exploradores" – "estendeu-se sobre a tumba dos patriarcas e implorou:"

---

* A tradução deste versículo na tradução brasileira (ver nota p. 103) não permite o comentário de Lévinas a seguir, já que foi traduzido: "E subiram pelo sul, e chegaram até Hebron" (*Números* 13, 22; p. 426) onde não aparece o erro de número apontado pelo autor entre a primeira e a segunda metade da frase. (N. do T.)

(escutem a oração de Caleb) "meus pais, peçam misericórdia para que eu permaneça preservado da conspiração dos exploradores".

Caleb resistiu, mas ele teve uma tentação. Tentação tão irresistível que sobre a tumba dos patriarcas nenhum outro pedido lhe pareceu mais urgente do que este: "Deus, preserve-me de meus amigos... Faça com que eu não seja tentado a seguir o desígnio dos exploradores."

Porém, um segundo justo figurava entre os doze: Josué. Estava ele protegido da tentação que Caleb superou? Ele foi poupado de outra maneira. Moisés tinha tomado as suas precauções (elas eram, portanto, necessárias). Está escrito:

e Moisés deu o nome de Iehoschúa a Oschêa, filho de Nun.

Ele colocou diante do seu nome a letra *íod*, que junto ao *hé* de Oshêa torna-se *Iah*, que significa Deus: "que Iah te preserve da conspiração dos exploradores".

São indicadas aqui duas maneiras de escapar à tentação (homenageio aqueles que me permitiram penetrar mais profundamente em meu texto, aos estudos e aos cursos nos quais "revirou-se e remexeu-se", bem como quero citar, não apenas pelo conjunto, meu amigo o Dr. Nerson, mas neste ponto em particular, meu amigo Théo Dreyfus): a maneira de Caleb resistir à sedução dos exploradores (que, talvez, pequem apenas por excesso de justiça) consiste em agarrar-se à tradição ancestral, em integrar-se à história rigorosamente nacional de Israel, aos seus costumes trans-mitidos, em confiar-se a essa terra onde seus antepassados estão enterrados e de onde o bem veio ao mundo e de onde mal algum pode resultar: Caleb se prosterna sobre a tumba de Abrahão, Isaac e Jacob em Hebron. A modalidade de Josué é distinta. Incluiu-se na sua natureza, através das duas primeiras letras de seu nome, a idéia de Deus. Ele não chegou a essa dignidade pelo ensinamento que ele recebeu servindo a Moisés? Era indispensável, sem dúvida, este ensinamento recebido diretamente do mestre a fim de se preservar da tentação dos exploradores. Caleb é preservado pela sua fidelidade a uma tradição ancestral, pela sua fidelidade ao passado. Mas ainda aí confirma-se a nossa suposição: os exploradores tinham como tentar os justos.

A alínea seguinte interrompe, aparentemente, o curso do desenvolvimento. Vai dizer-nos, pela primeira vez, qual é essa Terra prometida e explorada; vai nos ensinar quais são os habitantes dessa terra:

Lá se encontravam Aschiman, Scheshai e Talmai etc. (*Números* 13, 22).

E o texto continua:

Descendentes de Anak...

Ao tomar como pretexto esses nomes próprios, o *Talmud* terá toda liberdade de nos informar sobre o estado dessa terra antes da chegada dos israelitas. Por certo, as suas etimologias não podem convencer a ninguém, porém elas servem só como pretexto.

Em primeiro lugar, Aschiman. Pode-se decompô-lo em duas palavras: *Asch*, irmão, e *Iamin*, direito ou forte. Um irmão mais forte que os outros dois. Nenhuma igualdade entre os três irmãos; havia ali organização e hierarquia, condição natural para a existência de uma sociedade; porém a força contava nessa hierarquia.

Em seguida Scheshai. Neste caso, as coisas são ainda menos claras. A dedução etimológica caminha por vias obscuras, mas a conclusão é clara. Scheshai, ao caminhar, cobria

a terra de fossas. Por toda parte em que colocava o pé abria-
-se um buraco. E ele, sem dúvida, ao caminhar não tinha a
delicadeza de perguntar-se se esmagava alguém ou alguma
coisa. Era uma "força bruta".

O terceiro chamava-se Talmai. Aqui a etimologia é mais
fácil. Talmai evoca sulcos. O terceiro cavava sulcos por todos
os lugares em que caminhava: fundador, agricultor.

Outra explicação – porém os comentadores avaliam que ela
complementa a primeira, e é por isso que o texto que a relata
está colocado entre parênteses:

Aschiman construiu Anat, Scheshai construiu Alasch e Talmai construiu Talbusch.

Três cidades que não constam em nenhum mapa. Quanto
aos dicionários, eles nos remetem ao nosso próprio texto.
Vamos extrair o essencial. Os habitantes de Canaã – agricul-
tores espontâneos como as forças da natureza e contudo capazes
de organização – são igualmente fundadores de cidades. Construir, habitar, ser – disposição heideggeriana.

Eis, portanto, o que esperava os filhos de Israel acolá. Ainda
não comentamos as palavras "descendentes de Anak". Anak –
gigantes. Esses três homens eram gigantes. Eles eram enormes,
"eles ultrapassavam o sol por seu tamanho". Outro comentário: "eles carregavam o sol como um medalhão pendurado num
colar." Tratava-se de seres magníficos, muito grandes, loiros,
suponho, pois eclipsavam ou igualavam-se ao sol. Vem-me à
mente o poema de Serguei Essenine: "Carrego como um feixe de
aveia – o sol nos meus braços". Filhos magníficos da terra que
se aproximavam das realidades celestes visíveis – toda aquela
comunidade pagã entre a terra e o céu –, eis o que os habitantes autóctones do país, que devia tornar-se a terra de Israel,

sugeriam aos "doze judeus obscuros". Compreende-se agora um pouco melhor a inquietação de nossos homens.

Primeira hipótese, que é a mais banal (é a primeira tendo em vista que, nos textos talmúdicos, a multiplicidade de sentidos coexiste; é um pensamento no qual o exemplo não se dá pela simples particularização de um conceito, mas em que o exemplo mantém a multiplicidade dos significados): a força dos habitantes de Canaã atemorizava esses judeus emagrecidos que saíam dos guetos egípcios. Com efeito, como contrapor-se em nome de um Deus que não se mostra jamais, que não fala, que efetivamente falou no Sinai, mas a propósito de quem nunca ficou-se sabendo se Ele falou longamente, se Ele disse tudo o que se lhe atribui, se Ele não se teria limitado à primeira frase, à primeira palavra ou mesmo à primeira letra do Decálogo, que se trata, por acaso, do *alef* impronunciável! Que importam os atributos e as promessas atribuídos a um Deus tão enigmático? Que importam todas as abstrações e as sutilezas da Revelação diante da esplêndida aparição dos filhos da terra que carregam o sol como medalhão?

Pode-se também pensar – e logo a seguir isso ficará claro – que a dúvida tomou conta dos exploradores confrontados com os habitantes da Palestina – a dúvida que foi expressa ontem por Vigée e da qual falam tantos outros, ao se referirem às crianças israelenses. É possível que os exploradores tenham vislumbrado os *sabras*. O medo apossou-se deles; eles se disseram: eis o que nos espera acolá, eis os futuros filhos de Israel, essa gente que caminha fazendo buracos por toda parte em que seu pé pisa, que cava sulcos, constrói cidades e que carrega o sol ao redor do pescoço. Mas isso é o fim do povo judeu!

Não é necessário compartilhar de tais temores, basta compreendê-los. Não nos esqueçamos do fim da história contada pela *Torá:* os exploradores foram severamente punidos por suas dúvidas e – talvez, vamos ver – por seus escrúpulos;

tudo aquilo que foi dito aqui e toda nossa tentativa em adivinhar a crise interior desses exploradores não nos deve fazer esquecer o final da história e a condenação por ela demonstrada.

No entanto, o medo dos exploradores ainda pode ser interpretado de outra maneira. Vamos nos esforçar para encontrar essa terceira possibilidade, sugerida de antemão pela sequência do texto. Vamos formulá-la desde já: talvez os exploradores tenham sentido medo moralmente, talvez eles se tenham perguntado se tinham o direito de conquistar aquilo que tão magnificamente havia sido construído pelos outros. Como desfazer-se de tão compreensível inquietação? Porém vejamos antes o texto:

Hebron foi construída sete anos antes de Tsoán (*Números*, 13, 22).

Os versículos que agora vamos comentar parecem, numa primeira abordagem, bastante insignificantes. Eles mencionam, efetivamente, nomes e lugares evocadores. Para um judeu, leitor da Bíblia, eles têm um poder poético semelhante àquele que é trazido, para um leitor de Racine, por palavras como "a filha de Minos e Pasifaé". Caleb foi até Hebron. Lá habitavam Aschiman, Scheshai e Talmai, e Hebron tinha sido fundada sete anos antes de Tsoán. Entremos agora, porém, no gentil jogo dos talmudistas; ocupemo-nos, por ora, dos problemas aparentemente fúteis que parecem preocupá-los. Eles se perguntam: "O que significa: foi construída?" – Eles não conhecem a palavra "construir"? Sem dúvida. Mas se for o caso de tomar a palavra "construir" pelo seu sentido literal, ter-se-ia que admitir que um pai instalou o seu filho mais novo ao invés do primogênito. Ora, está escrito (*Gênese* 10, 6): "e os filhos de Ham eram: Cusch, Mitsráim, Put e Canaã". Canaã era então o irmão mais novo de Mitsráim, o Egito. Como admitir que Ham tenha instalado seu filho mais novo, Canaã, em sua cidade sete anos antes de fundar Tsoán, a cidade egípcia para Mitsráim, o mais velho? Ah, Ham, o venerável patriarca – que ironia neste texto! –, imaginem Ham transformado em patriarca e estabelecendo seus filhos. As histórias que ele tinha vivido com seu pai na sua juventude foram esquecidas. Eis o venerável ancião, justo e respeitoso pelo direito de primogenitura de seus filhos. Deixar de reconhecer esse direito, sem o qual tradição alguma torna-se possível, surrupiar esse direito ao seu irmão, somente seria bom para um judeu como Jacob. Na casa de Ham, o direito de primogenitura é rigorosamente respeitado. Ele constrói primeiro as cidades para Mitsráim, que é o mais velho; somente em seguida para Canaã, o mais novo. Como pode dar-se, então, que uma cidade destinada ao mais velho possa ser sete anos mais recente que a cidade do mais novo? O que é que se está discutindo de fato? A prioridade do país onde Israel se instala é cronológica? Esse país, na perspectiva canaãense, efetivamente não poderia rivalizar com as antigas civilizações. Os talmudistas sabem muito bem que a prioridade da Palestina não lhe vem de seu passado pré-israelita. Hebron realmente não foi fundada sete anos antes que Tsoán, sete anos antes do exílio no Egito, mas recebeu a cultura de acordo com outra disposição. No país de Israel, o edificar deve ter um novo sentido:

Hebron foi sete vezes mais cultivada do que Tsoán. E, não obstante, em todo o país de Israel, não há tantos rochedos quanto em Hebron; é por esse motivo que lá se enterram os mortos. Entre todos os países, não há mais fecundo do que o Egito, porque está escrito (*Gênese* 13, 10): "Como o jardim do Senhor, como o país do Egito." E, em todo o país do Egito não há lugar mais fértil que Tsoán, porque está escrito (*Isaías* 30, 4): "Porque seus príncipes estavam em Tsoán." E, apesar de tudo, Hebron era sete vezes mais cultivada do que Tsoán.

Sua superioridade não é da mesma ordem que aquela das grandes civilizações orientais. Hebron não foi construída antes de Tsoán, porém ela era sete vezes mais cultivada. Conseqüentemente, a região mais pobre, a mais pedregosa, a terra mais poeirenta de Israel, era reservada aos túmulos (e, não por acaso, aí foram enterrados Abrahão, Isaac e Jacob); ela é a mais cultivada, a mais rica em virtualidades espirituais, mais rica do que a região que realmente era mais antiga e que tinha um esplendor mais visível. Temos aqui uma primeira resposta ao problema que preocupava os exploradores. Quando dou respostas ao invés de aprofundar os problemas, empobreço o meu texto, mas afinal é preciso, de todo modo, lembrar que aqui, na Europa, nós amamos os resultados. A primeira resposta ao problema dos exploradores ou, mais exatamente, ao terceiro sentido que atribuímos a este problema, êi-la: os filhos de Israel vão penetrar num país já habitado; mas nesse país encontram--se as tumbas de seus antepassados, Abrahão, Isaac e Jacob; apesar das pedras, da imensidade de areia, esse país comporta mais possibilidades do que Tsoán, que se encontra em pleno Egito, em plena civilização; ele atrai aqueles que são capazes de realizar tais virtualidades. Não há direitos conferidos por uma superioridade moral? Na verdade, é preciso explicitar em que consiste essa superioridade. Porém, pode-se igualmente duvidar que a superioridade moral, qualquer que ela seja, permita uma expropriação. Suponho que Domenach duvide disso. E posso tranquilizá-lo: os talmudistas que relatam toda a história que estou comentando também duvidam: a invocação dos direitos decorrentes da superioridade moral de Israel é abusiva.

Antes de mais nada, essa superioridade é evidente? Não evoca Hebron apenas a grandeza moral de Israel? Abrahão é a única lembrança de Hebron? Não é a história santa unicamente uma história de santidade? Esta é a questão terrível dissimulada por trás da discussão banal que se segue, problema terrível e bastante estranho à famosa autocomplacência que estaria na base da consciência dos fariseus. Em nosso texto, alguém pergunta: Hebron é verdadeiramente tão pobre? Não está escrito (*Sam.* II, 15, 7): "no final de quarenta anos, Absalão diz ao rei: eu gostaria de ir a Hebron..."? Quando Absalão conspira contra o rei David, ele vai a Hebron para lá reunir todo Israel contra seu pai. "Ele foi a Hebron". Por que ele foi a Hebron? Ele disse ao seu pai: eu vou a Hebron para lá oferecer sacrifícios. Ele tinha necessidade de ir a Hebron para isso? Não. Então, o que é que ele foi lá procurar? Ele foi buscar ovelhas para o seu sacrifício. Havia pois ovelhas em Hebron? Portanto, Hebron era um lugar rico. E não se ensina, por outra parte: os "carneiros de Moab, as ovelhas de Hebron?" – Assim sendo, os carneiros chegam de Moab e as ovelhas de Hebron. Nenhuma contradição! Nas regiões de rochedos e de terras pouco férteis abundam as pastagens; conseqüentemente, os textos evocados confirmam que Hebron é a cidade mais pobre de Israel, porém mais preciosa do que Tsoán; visto que o solo aí é magro, por isso Hebron tem pastagens e gado.

Acabamos de resumir uma discussão que absolutamente em nada altera o problema: Hebron era de qualquer maneira o lugar mais pobre. Por que então essa discussão? Porque ela invalida a argumentação feita há pouco. Há pouco dizíamos: nós, israelitas, temos direito sobre esta terra porque nós possuímos a Bíblia. A objeção consiste em nos lembrar o próprio ensinamento dessa Bíblia e os fatos que ela relata. Povo da Bíblia? Nada além de filhos que honram seus pais? Filhos que obedecem a todos os princípios morais? E Absalão? O exemplo é admiravelmente escolhido. Os maus temas não faltam na Bíblia; porém, não é o de Absalão, num certo sentido, análogo ao de Ham, fundador do país de Canaã? Lembrem-se do que fez Ham. Ele divertiu-se com a nudez de seu pai; e Absalão? Aqui seria necessário um eufemismo, mesmo que na presença de intelectuais: no palácio real, ele coabitou com todas as concubinas de seu pai. Bela superioridade do judaísmo! E que, evidentemente, dá-lhe o direito de conquistar um país! Podem-se compreender os exploradores, pode-se compreender a revolta dos puros. Eles perguntavam-se, caro Rabi: com que direito havemos de entrar nesse país? Que vantagem moral temos nós sobre os habitantes estabelecidos nesse país? Notem que o *Talmud* pensou em tudo, e em vão nos esforçaríamos por estar seguros, Senhor Neher*, do nosso direito atestado pela

---

* André Neher (1914-1988). Pode-se considerar que toda sua imensa obra se funda sobre o esforço de restituir o povo judeu à Bíblia e a Bíblia à Israel, visando, sem ignorar a exegese histórico-crítica, a chegar a uma leitura teológica do texto. Uma tal leitura provocou, na época, reações apaixonadas. O conceito chave ao redor do qual se move todo o seu pensamento é sem dúvida o de berit, Aliança como projeto divino que faz entrar os hebreus, e através deles toda a humanidade, em uma história dialogada, em um face-a-face incessante. Segundo Neher, o texto bíblico está repleto de passagens sobre o silêncio; é preciso ter "a audácia de o isolar e de estudá-lo", de definir "as formas, as estruturas as dimensões"; é preciso também confrontar o silêncio nascido da recusa a dialogar da criatura (Adão) com o Criador, do homem com o homem (Caim e Abel), e o silêncio de Deus. É uma das meditações contemporâneas mais agudas sobre o pensamento judeu em geral e sobre a dimensão humana e metafísica do genocídio do povo judeu pelos nazistas em particular. Em 1967, parte para Israel, decisão que toma face ao desafio provocado pela Guerra dos Seis Dias e dolorosamente afetado pela atitutde diante de Israel, quão simbólica aos seus olhos, das demais nações. Segundo Wigoder, G. In: *Dictionnaire Encyclopédique du Judaïsme*, Paris, Cerf, 1996, e *Dictionnaire du Judaïsme*, Paris, Albin Michel, 1998. (N. do T.)

Bíblia, nós nunca chegaríamos a exercer a nossa soberania com relação a toda Diáspora e a cujo respeito foram lidos todos os livros – como ontem deplorava o presidente Goldman.

Agora, retornemos ao texto. Ele nos mostra que a conspiração dos exploradores não se resumia apenas a esta exploração, mas que era, como todos os problemas de consciência, um problema a priori.

Eles retornaram da exploração da terra e foram e retornaram (*Números* 13, 25-26).

O texto hebraico é redundante:

Rabi Iohanan disse em nome de Rabi Simon ben Iohai: o ir é comparado ao retorno. O retorno se fez com "más intenções"; o ir já tinha sido com "más intenções".

Más intenções que são boas intenções: as de uma consciência demasiado pura. Ela começa a duvidar de Deus porque a ordem de Deus nos ordena que aconteça aquilo que está acima de nossas forças, que aconteça aquilo que está mais abaixo de nossa consciência. Terra prometida não é Terra permitida.

"Eles lhe contaram e disseram: nós fomos mais longe" (*Números* 13, 27) "mas o povo é forte" (versículo 28).

Rav Iohanan disse em nome de Rabi Meir: uma calúnia que não possua uma verdade na sua base, não subsiste por muito tempo.

Lição de retórica; lição de retórica que o diabo aprendeu direito: para mentir eficazmente, comecem por dizer a verdade a fim de dar credibilidade à mentira. A menos que Rav Iohanan encontre uma parte de verdade a respeito dos exploradores para além dos detalhes de sua analogia e com relação ao problema moral por eles levantado. Delicadeza moral muito condenável e moralmente falseada, o conjunto de nossa passagem não pode levar a outro sentido. Mas a conspiração jamais teria podido corromper tantas consciências caso nada houvesse de justificável nas razões que comandavam a ação dos exploradores ou nas razões que eles alegavam.

Então, "Caleb acalmou o povo a propósito de Moisés" (*Números* 13, 30). Está mal traduzido, porque a palavra *el* em hebraico indica a direção para alguma coisa ou para alguém e Caleb acalmou o povo para Moisés; sua palavra dirigiu-se inicialmente a Moisés e foi assim que ele obteve a atenção do povo. Caleb acalmou o povo para Moisés, ele o seduziu. Ele começou a falar de maneira a fazer-se passar, ele próprio, por inimigo de Moisés. Ao começar a falar contra Moisés, ele ganhou a confiança dos revoltosos. Nova lição de retórica. Indispensável para lutar contra as seduções do diabo: para um esperto, esperto e meio. Detalhe importante, aqui: e Josué? Guardou ele o tempo todo um silêncio prudente? "Quando Josué começou a falar, eles gritaram: 'essa cabeça estreita tenta falar'". Eis o que se passou: o primeiro protesto contra a narrativa dos exploradores e o convite para realizar as grandes e nobres tarefas às quais Israel estava destinado, vinha de Josué. Porém ele foi reduzido ao silêncio pela multidão e injuriado. Homem rebaixado! Homem sem filhos, dizem os comentadores. Homem solitário. Homem que nada tem a perder na aventura que ele apregoa. Sacerdote puro que não tem ligação terrestre alguma e que, por isso mesmo, é incapaz de sacrifício. Sua abnegação nada

115

prova: é preciso ter-se o que arriscar numa iniciativa de méritos penosamente conquistados ou penosamente constituídos, um patrimônio, uma família, uma obra, uma instituição, não se sendo como aquele que pode dizer: *omnia mea* etc. Sionista para os outros, sionista que não pode (ou não quer) envolver os seus filhos – mau sionista, em todo caso. Ele tem apenas o direito de se calar. Foi por isso que Caleb pensou ser preciso um estratagema a fim de fazer-se escutar pelos impertinentes que conseguiram reduzir Josué ao silêncio. Foi por isso que ele fingiu atacar Moisés:

O filho de Amram fez apenas isso? Então eles pensaram que ele iria atacar Moisés e se calaram.

Ele não o chamou de filho de Amram? Fez ele somente isso?

Ele nos tirou do Egito, abriu-nos o mar e nos nutriu de maná. Não o devemos escutar, mesmo que ele nos diga para fazer escadas para subir ao céu?

De onde vem a idéia da escada e de céu, ausentes no texto bíblico? O texto não diz: "nós vamos subir e conquistá-lo" (*Números* 13, 30)! É o "nós vamos subir" que serve de pretexto para que o *Midrasch* introduza a idéia de "escada para subir ao céu".

Peço desculpas por negligenciar totalmente a retórica ao construir este comentário: conto-lhes o segredo sem esperar pelo fim. Que sentido tem o objetivo de Caleb? Ele visa simplesmente o culto da personalidade ao defender, aconteça o que acontecer, a política de Moisés? Ou ele tem consciência da desproporção que há entre a política messiânica e qualquer outra política? É a nossa história, portanto, uma história ordinária? Moisés nos tira do Egito, a nossa história começa por um ato de libertação. Ele nos abriu o mar, ele venceu as forças naturais. Ele nos alimentou com maná. Alimento maravilhoso: o verdadeiro milagre não se dá pelo fato de que o maná caia do céu, mas sim de que o maná nos seja dado na exata medida de nossas necessidades. Ser alimentado pelo maná; não ter necessidade de fazer reservas; tempo messiânico: não se precisa mais pensar no amanhã e, nesse caso, também se está no fim dos tempos: se Moisés nos tirou do Egito, se nos abriu o mar e nos nutriu com maná, acreditam vocês, portanto, que sob o seu comando nós vamos conquistar um país como se fôssemos conquistar uma colônia? Acham vocês que o nosso ato de conquista pode se transformar em ato de imperialismo? Acreditam vocês que iremos nos apropriar de um pedaço de terra para usar e abusar dela? Nós vamos – e nesse caso o texto é extraordinariamente explícito –, nós vamos para essa terra a fim de conhecer a vida celeste.

"Nós vamos para essa terra para subir ao céu". Nós não vamos possuir a terra como ela geralmente é possuída; nós vamos construir nessa terrra uma cidade justa. Eu lhes digo isso de uma maneira bastante formal, mas é isso, sacralizar a terra. Ontem, gostei muito da intervenção do professor Baruk: "sacralizar a terra é nela construir uma sociedade justa".

Vocês me dirão que cada um pode imaginar, a seu critério, que ele constrói uma sociedade justa e sacraliza a terra, e que isso pode encorajar os conquistadores e os colonialistas? Porém, nesse caso, é preciso responder: admitir a *Torá* significa admitir as normas de uma justiça universal. O primeiro ensinamento do judaísmo é o seguinte: existe um ensinamento que é moral, e que certas coisas são mais justas do que outras. Uma sociedade sem a exploração do homem, uma sociedade na qual os homens são iguais, uma sociedade como a que desejavam os primeiros fundadores dos *kibutzim* – porque também eles faziam escadas para subir ao céu, apesar da repugnância que a maioria deles experimentava com relação ao Céu –, é a própria contestação da relatividade moral. Aquilo a que chamamos *Torá* fornece as normas da justiça humana. E é em nome dessa justiça universal, e não no de qualquer justiça nacional, que os israelitas aspiram à terra de Israel.

Mas os homens que tinham ido com ele disseram: nós não poderemos etc. (*Números* 13, 31).

Rav Hanina bar Papa diz: naquele momento, os exploradores proferiram uma grande coisa: "Ele é mais forte que nós" (*Números* 13, 31). Não leiam "que nós", leiam "que Ele".

Em hebraico, a palavra *mimenu* significando "que nós" está pontuada e vocalizada como *mimenu*, que significa "que ele" (em aramaico existe, parece, uma diferença entre as duas vocalizações). Os exploradores teriam dito: "o habitante dessa terra é mais forte do que Ele". Mais forte do que Deus. E o *Talmud* acrescenta:

Mesmo o Patrão, pode-se dizer, não lhes pode retirar os seus utensílios.

Afirmação absolutamente misteriosa. E tudo isso seria "uma grande coisa"!

Observe-se claramente o sentido da primeira reflexão: o indígena de Canaã é mais forte do que Deus. Ao menos duas interpretações são possíveis: contra a força desses autóctones, não há força moral que se oponha. Ele é a realidade moral; eles, a realidade histórica. O grande fato expresso pelos exploradores seria, segundo esta primeira lição, o desespero humano diante da falência das idéias, sempre esmagadas pela história; o universal vencido pelo local.

Pode-se ler, no entanto, esse texto de outra maneira e os exploradores mostrar-se-ão ainda mais puros do que nós pensávamos: ele é mais forte do que Ele, o direito vital dos indígenas é mais forte do que o direito moral de um Deus universal. Mesmo o Patrão não pode recuperar os utensílios confiados a eles: na medida em que eles corresponderem às suas necessidades, não haverá no mundo direito capaz de os retirar; não se lhes pode retirar a terra na qual habitam, fossem eles imorais, violentos e indignos ou mesmo que essa terra tivesse sido prometida a melhor destino.

Um pouco mais além e duvidar-se-á da moralidade de Israel, capaz de produzir um Absalão. Agora o pensamento torna-se mais radical: mesmo um povo absolutamente moral não teria direito algum à conquista.

Eis até que ponto chega esta segunda interpretação, que sempre acompanha a primeira, e que irá acompanhá-la até o fim; eis até que ponto iria a pureza dos exploradores, a pureza do seu ateísmo: mesmo o Patrão não pode retirar os seus utensílios daquele país.

"É um país que consome os seus habitantes" (*Números* 13, 32). Raba ensinava: o Santo, bendito-seja, diz: Eu tinha uma intenção favorável e eles a levaram a mal. Minha intenção foi boa: por toda parte a que eles chegavam morria o notável a fim de que, na confusão, eles não se ocupassem deles. Alguns dizem: Foi Job quem morreu, e todos os habitantes ficaram de luto. Mas eles, eles interpretaram mal: é um país que consome os seus habitantes.

O *Talmud* encara, ou finge encarar a fórmula "esse país consome os seus habitantes" como uma experiência vivida. É um país em que se é consumido facilmente; nele, os enfartos são frequentes, nele trabalha-se muito e morre-se rápido. A prova? Só houve enterros à nossa volta durante a exploração! Os exploradores querem amedrontar. No deserto, evidentemente, vive-se muito melhor! Não há dúvida quanto à má fé dessa gente. Oh! sublime desígnio do Eterno que eles menosprezaram! O Deus da Justiça teria feito morrer essas pessoas acolá (sobretudo os notáveis, fato que não é tão grave para a população) a fim de que os ricos funerais desviassem a atenção dos habitantes dos nossos exploradores, como eles eram ingratos! E nós compreendemos essas pessoas, mais uma vez, oh! que belas consciências, que incorruptíveis. O que quer então o *Talmud?*

Atribuir tal maquiavelismo ao Eterno ou dizer que os grandes desígnios da história algumas vezes devem produzir-se a despeito dos indivíduos? Não seria o caso de que o mal pudesse de vez em quando adormecer? Seria o caso de a liberdade ser dada àqueles que querem matar a liberdade? Os exploradores, na pureza de sua consciência igualitária, denunciavam como antidemocrática a sabedoria que excluía da liberdade os assassinos da liberdade, o que devolvia os pensamentos demasiado marcados pela política às suas preocupações privadas. Lembremos aos ouvintes que, em tudo isso, não se trata de um problema de história. Eram os canaãenses realmente tão maus? Esta é a hipótese ou o dado inicial a partir dos quais é preciso nos localizarmos, sem o que tudo que acabamos de dizer torna-se perfeitamente insignificante!

E nos consideramos aos nossos próprios olhos como gafanhotos, e como tal éramos aos seus olhos (*Números* 13, 33). "Rav Mescharschaia diz: os exploradores mentiam".

Aqui, nós os surpreendemos em flagrante delito de mentira.

Eles podiam ser gafanhotos aos seus próprios olhos; como poderiam eles saber que assim eram considerados aos olhos dos outros?

Efetivamente, isso não é possível; no entanto, há uma aparência de resposta e é muito curioso que o texto talmúdico que quer acusar os exploradores, desta vez tome a sua defesa.

Isso não é uma objeção: esses – os habitantes – faziam as suas refeições de luto sob os cedros; enquanto aqueles – os espiões israelitas – os espiavam, eles subiam nas árvores; eles aí se instalavam. Então eles ouviam aqueles que estavam embaixo exclamar: vêem-se nas árvores homens que parecem gafanhotos.

E é dessa forma que eles souberam que haviam passado por gafanhotos aos olhos dos canaãenses. É uma situação mais estranha do que natural. Alguém não disse muito recentemente: "Nós somos cem milhões a esmagá-los"? Quando Israel se arma contra os seus vizinhos, os pacifistas perguntam-lhe: como é que vocês sabem que os seus vizinhos não querem fazer acordo com vocês? Eles o disseram a vocês? – Sim, eles nos disseram; eles disseram que nós parecíamos gafanhotos. É uma passagem incrivelmente atual. Essa maneira de imaginar os rostos humanos como se fossem gafanhotos! Ou essa forma de encarar a obra histórica do Retorno como um movimento de gafanhotos. Oh, inteligência precavida dos realistas! No começo há sempre uma dança de gafanhotos. Nesse ponto os exploradores diziam a verdade, eles concluiram que passavam, aos olhos dos habitantes, por gafanhotos.

"Então toda a comunidade ergueu a voz e chorou" (*Números* 14, 1). Raba disse em nome de Rabi Iohanan: foi o 9 av e o Santo, bendito-seja, disse: eles choraram sem razão; transformarei este dia num dia permanente de lamentações.

Portanto, eram escrúpulos para nada; eles choravam sem razão. As lágrimas das almas delicadas são perigosas quando não têm razão de ser. Elas suscitam infelicidades reais que se assemelham às imaginárias. Pode-se dizer mais: aqueles que vão conquistar um país como se conquista o céu, aqueles que se elevam, já estão acima das lágrimas delicadas. Eles não se empenham apenas pela justiça, mas aplicam-na rigorosamente a si próprios. A partir de então, eles possivelmente estarão exilados. A data de seu exílio está fixada com antecedência à data de sua conquista. Eles ignoram que a sua crise é a fonte de seu direito, visto que só pode existir um direito que possa ser revocável. Eles assumem uma responsabilidade sem indulgência e são chamados a pagar a sua própria injustiça através do seu exílio. Somente aqueles que sempre estão dispostos a aceitar as consequências de seus atos e a assumir o exílio quando não mais forem dignos de uma pátria, somente eles têm o direito de entrar nessa pátria. – Observem, esse país é extraordinário. Como o Céu. Um país que vomita seus habitantes quando eles não forem justos. Não há nenhum outro país que se lhe assemelhe; a disposição de aceitar um país sob tais condições outorga um direito a esse país.

E eis a última palavra.

E os homens que caluniaram a terra morreram de epidemia" (*Números* 14, 37). Rav Schimon bar Laquisch diz: eles morreram de uma morte não natural.

122

— Como os seus protestos eram antinaturais.

Rav Hanina bar Papa diz: Rav Schila de Kefar Tamarta ensinou: isso significa que sua língua se alongou para atingir o umbigo e vermes foram do umbigo para a língua e da língua para o umbigo. Rav Nachman bem Itzhak diz: eles morreram de difteria.

Uma morte é menos dura que outra. Qual delas? Isso não é importante. O que conta é a idéia de dois castigos. Portanto, a falta em si mesma é passível de duas interpretações. É o que supúnhamos ao longo do nosso comentário. Consistiu o crime dos exploradores em terem sido excessivamente puros e em terem mesmo pensado que não tinham direitos sobre essa terra? Ou recuou essa gente diante de um projeto que lhes parecia utópico, irrealizável? Pensavam que o seu direito não era forte o suficiente ou que eles não tinham direitos, que a Terra prometida não lhes era permitida?

Nos dois casos, os exploradores estavam errados, porém a distinção entre os motivos possíveis de sua culpabilidade é indicada pelas duas hipóteses formuladas acerca do castigo que os atingiu.

QUARTA LIÇÃO:
TEXTO DO TRATADO *SANEDRIN*
(p. 36 b-37 a)

Mischná

O *sanedrim* formava um semicírculo a fim de que seus membros pudessem ver-se uns aos outros.

Dois escrivães postavam-se diante dos magistrados, um à direita e outro à esquerda e eles registravam os argumentos da acusação e da defesa.

Rabi Iehuda diz: havia três escrivães; um registrava os argumentos da acusação, o segundo os argumentos da defesa e o terceiro, tanto uns quanto outros.

Três fileiras de "estudantes da Lei" mantinham-se sentados diante dos magistrados; cada um conhecia seu lugar. Se fosse preciso investir alguém, investia-se aquele que estava sentado na primeira fileira; um estudante da segunda fileira passava para a primeira e um estudante da terceira para a segunda. Escolhia-se uma pessoa entre o público presente e ela era colocada na terceira fileira. E ela não se sentava no lugar do primeiro (daquela fileira que tinha passado para a outra fileira), mas no lugar que lhe correspondia.

Guemará

De qual texto se origina isso?

Rav Akha bar Hanina diz: do versículo (*Cântico dos Cânticos* 7,3): "Teu umbigo é como uma taça arredondada cheia de bebida perfumada; teu corpo é como um feixe de trigo cercado de rosas."

"Teu umbigo": é o sanedrim. Por que umbigo? Porque o sanedrim está assentado no umbigo do universo.

"Uma taça" (em hebraico: *agan*), porque protege (em hebraico: *méguine*) o universo inteiro.

"Arredondada" (em hebraico: *sahar*, lua crescente) porque se assemelha à lua crescente.

"Cheia de bebida" (no texto: não faltando líquido): porque se um de seus membros é obrigado a ausentar-se – assegura-se que sobrem (em sessão) vinte e três, que correspondem ao pequeno *sanedrim*. Se não, ele não pode sair.

"Teu corpo é como um feixe de trigo": todo mundo beneficia-se do trigo; todo mundo acha um meio, a seu critério, de entender as considerações dos veredictos do *sanedrim*.

"Cercado de rosas": mesmo que a separação seja apenas uma cerca de rosas, eles não abrirão nenhuma brecha.

A esse respeito, um "mineano"* disse a Rav Kahana: vocês pretendem que durante o seu período impuro uma mulher interdita a seu marido tenha, contudo, o direito de isolar-se

---

* Em hebraico, *min* (plural *minim* = seitas) é um termo largamente empregado pelos rabinos para designar diversas seitas judaicas: os saduceus, os betuseus, os samaritanos e os nazarenos (judeus-cristãos). Na literatura rabínica, o termo *min* é freqüentemente associado ao de *kofer* (= herético), o que ri dos sábios e seus ensinamentos, rejeita sua autoridade e nega a lei oral. (Segundo Wigoder, G. (org.) *Dictionnaire Encyclopédique du Judaïsme*, Paris, Cerf, 1996, p. 678).

com ele; acreditam vocês, portanto, que possa haver fogo no linho sem que ele esse queime?" Rav Kahana respondeu: "a *Torá* testemunhou a nosso favor através de uma cerca de rosas, porque mesmo que a separação seja apenas uma cerca de rosas, eles não abrirão nela nenhuma brecha.

Resch Laquisch diz: pode-se responder a isso partindo do seguinte texto (*Cântico dos Cânticos* 4, 3): "tua têmpora (*rakotesch*) é como um pedaço de romã." Até os maiores patifes (*rekanim*) dentre vocês estão cheios de *mitzvot**, como uma romã.

Rav Zera disse: Deve-se deduzir o seguinte dos textos: "ele aspirou o odor de suas roupas" (*Gênese* 27, 27). Não se deve ler *begadav* (suas roupas), porém *bogdav* (os seus rebeldes, os rebeldes que estavam nas roupas).

A esse respeito conta-se o seguinte: dois patifes residiam na vizinhança de Rav Zera. Ele aproximava-se deles a fim de que fizessem *Teschuvá* (o retorno ao bem). Os Sábios irritaram-se. Quando Rav Zera morreu, os patifes disseram-se: "até agora o pequeno-homem-de-coxas-queimadas orava por nós. Quem é que vai agora orar por nós?" Eles refletiram e fizeram *Teschuvá*.

"Três fileiras de estudantes" etc.: Abbayé disse: daí decorre que, quando alguém se deslocava, todos se deslocavam. E no

---

* Dever religioso ordenado pela *Torá* e definido pelo *Talmud* como sendo de origem bíblica (*de-oraïta*), se bem que existam também de origem rabínica (*de-rabbanan*). Em todas as épocas, os pensadores se dividiram em duas categorias: os racionalistas que procuram fundar a observância das *mitzvot* por razões objetivas e os anti-racionalistas que recusam esta abordagem. Assim, alguns concluiram que as *mitzvot* foram dadas à humanidade para inculcar uma obediência estrita às ordens divinas; por outro lado, para Maimônides, as *mitzvot* não são ordens arbitrárias; o objetivo das *mitzvot* é duplo: o bem-estar da alma e o bem-estar do corpo. O primeiro se obtém pelo ensinamento de opiniões corretas; o segundo, pela instauração de boas relações sociais. (Segundo Wigoder, G. (org.) *Dictionnaire Encyclopédique du Judaïsme*, Paris, Cerf, 1996, p. 686). (N. do T.)

instante em que alguém dizia: "até agora eu estava na cabeça e eis-me agora na cauda", respondia-se, segundo Abbayé: esteja na cauda dos leões e nunca esteja na cabeça das raposas.

Velho Como o Mundo?[1]

Vocês têm o texto a ser comentado sob os olhos. Como todos os anos – e não é uma excusa meramente formal – sinto-me aquém da tarefa que me é confiada. O público, que responde a esses comentários com uma benevolência que me intimida, conta com muitas pessoas que conhecem o *Talmud* infinitamente melhor do que eu. Pelo menos eu sou amparado pela presença do meu caro amigo, o Dr. Henri Nerson, a quem muito devo, inclusive pelo pouco que poderei dizer e que, por ter frequentado um mestre inigualável, sabe ele que as nossas aproximações, se comparadas à verdadeira ciência, somente podem aspirar aos prêmios da boa vontade.

Vou comentar o texto escolhido do começo ao fim e não as passagens menos ingratas, trechos que proporcionaram demonstrações brilhantes. Vou tentar, com meus parcos recursos, mas com todo esforço de que sou capaz, pesquisar por toda parte. A dificuldade não resulta da ausência de tesouros, porém da insuficiência dos instrumentos de que disponho para a pesquisa.

Numa primeira leitura, as articulações da passagem escolhida afiguram-se bastante claras. Não se assemelha ela a um documento cifrado, nem tampouco a um texto que esconde os seus prolongamentos. Trata da organização do tribunal supremo que é o *sanedrim*. Em que medida pertence ela ao tema do nosso colóquio, que é consagrado à necessidade que o mundo possa ter do judaísmo? Vou tentar mostrar. Eu teria podido não pensar nisso:

1. No quadro do colóquio "O Judaísmo é Necessário ao Mundo?"

um texto talmúdico, mesmo que não procure prová-lo, sempre prova que o judaísmo e os judeus são necessários para o mundo.

Descreve-se o *sanedrim*. Proponho que o sanedrim seja visto como aquilo que ele pretendeu ser no meu texto, deixando-se de considerar qualquer aspecto histórico. Porventura, tal como descrito aqui, ele nunca tenha existido. A palavra sanedrim é grega. Sua instituição, possivelmente, é o produto de influências diversas exteriores ao judaísmo. Porém, o texto deve ser tomado tal qual ele nos é dado: é através dele que, após pelo menos dezoito séculos, a tradição judaica reflete sobre a instituição suprema da justiça.

Nossa *Mischná*, a parte mais antiga do nosso texto – aquela que o segue, mais recente, e que está encarregada de fornecer o seu comentário –, nos ensina que o *sanedrim* formava um semicírculo, "a fim de que os seus membros pudessem ver-se uns aos outros". Dava-se, pois, num anfiteatro. O que ocorria de particular era que os seus membros jamais se viam de costas; sempre de frente ou de perfil. Jamais a relação interpessoal era interrompida nessa assembléia. As pessoas olhavam-se de frente. Portanto, jamais, como se diz hoje em dia, o "diálogo" era interrompido, não se perdendo nunca numa dialética impessoal. Assembléia de rostos e não uma sociedade anônima.

Porém é um semicírculo ou um círculo aberto. Porque se trata precisamente, com relação aos magistrados do sanedrim – ao discutirem as causas submetidas à sua jurisdição ou quando pronunciam sua sentença –, que eles permaneçam abertos ao mundo exterior: na abertura do semicírculo, de acordo com os comentadores, apresentavam-se as pessoas em processo e as testemunhas. Também nesse espaço é que se mantinham os escrivães. Círculo aberto: os juízes que se situam no âmago do judaísmo – do qual são o "umbigo", e que estão mesmo – como vocês verão em seguida – no umbigo do mundo, eles estão abertos ao mundo ou vivem num mundo aberto. Ainda não é uma sinagoga fechada. Ela é aberta. Aliás, não é uma sinagoga, mas sim um tribunal.

Dessa forma, eis uma primeira resposta aos problemas a justificar o tema do nosso colóquio, primeira resposta que se desvia um pouco do sentido esperado: ainda não sei se o mundo tem necessidade do judeu. Mas o judeu tem necessidade do mundo, isso é seguro.

Dois escrivães postavam-se diante dos magistrados, um à direita, outro à esquerda e eles registravam os argumentos da acusação e da defesa.

Existe outra versão sobre esse ponto: os escrivães não eram dois, mas três, "um registrava os argumentos da acusação, o segundo os argumentos da defesa e o terceiro, tanto uns quanto outros".

Na primeira versão: para todos os argumentos, dois registros. O registro dos argumentos, portanto, não é questão de mecânica. Não há gravadores, as pessoas registram. A época, em certa medida, conta, obviamente, mas o símbolo vai além: duas pessoas registram todo argumento, visto ser preciso duas testemunhas para que um fato seja certificado. Assim sendo, o registro é um testemunho. Toda verdade é atestada. A verdade de um fato remete à veracidade das pessoas que o atestam. Isso ocorre porque, nessa hipótese de dois escrivães, ambos devem anotar todos os argumentos. Porém na hipótese da segunda versão, na qual os escrivães são em número de três, eles podem especializar-se: um registra os argumentos favoráveis, outro, os desfavoráveis, mas o terceiro registra, tanto uns quanto outros, para que cada anotação possa ser atestada duas vezes. O tipo de especialização introduzido pela segunda versão leva em consideração o princípio que consiste em cotejar a anotação com o testemunho.

Agora, coisa nova, jamais vista num tribunal: diante dos magistrados postam-se os "estudantes da Lei", aqueles que estudam a *Torá,* mas que ainda não estão investidos como juízes. Seguramente, o tribunal não é uma sinagoga, é quase como uma escola. Estudo da Lei e jurisdição, teoria e ação, rigor e misericórdia – no judaísmo, todas as polarizações do espírito pertencem à dualidade da Casa de Estudos e do Tribunal.

Algumas informações técnicas, agora. Há duas formas de sanedrim. O sanedrim completo, aquele da jurisdição suprema, que compreende setenta e um juízes; porém, em Jerusalém, onde nosso texto nos situa, existem dois outros sanedrins de vinte e três juízes cada. Apenas um dos tribunais de pelo menos vinte e três membros pode pronunciar-se sobre causas das quais dependam a vida e a morte de um homem. É incompetente, nesse caso, um tribunal simples de três pessoas. O que foi dito há pouco, sobre a disposição dos juízes em semi-círculo, aplica-se a todo *sanedrim.* O que se segue agora diz respeito ao sanedrim de vinte e três magistrados. Diz-se, em particular, que no *sanedrim* de vinte e três pessoas há mais do que vinte e três pessoas: diante dos magistrados postam-se três fileiras de estudantes.

Três fileiras de "estudantes da Lei" mantinham-se sentados diante dos magistrados; cada um conhecia o seu lugar.

Cada um conhecia o seu lugar: a ordem a excluir a contingência. Ninguém se colocava em qualquer lugar; a classificação era rigorosa. Havia vinte e três estudantes por fileira. Por que tal número? Três vezes vinte e três faz sessenta e nove. Portanto, eis o que podia acontecer: imaginem que o tribunal de vinte e três magistrados discuta uma causa da qual dependa a vida de um homem. E eis que doze votos pronunciam-se pela morte e onze para deixar a vida ao acusado. A lei judaica não autoriza uma condenação à morte pela maioria de um voto. Os magistrados em semicírculo estão sentados, cada um na sua fileira, nos bancos; os "estudantes da Lei" estão sentados no chão diante deles, cada um de acordo com sua categoria. Faz-se subir dois dentre eles – os primeiros da primeira fileira para aumentar o tribunal com dois novos magistrados. A causa é novamente apresentada diante dos vinte e cinco juízes. E eis que a maioria é, novamente, de apenas um voto: treze contra doze. Novamente, acrescentam-se aos magistrados dois estudantes: os primeiros da primeira fileira. Isso pode durar até que os juízes atinjam o número de setenta e um, número do grande sanedrim. Desse modo, era necessário que, diante do tribunal, se dispusesse de uma grande reserva para permitir que se atingisse eventualmente a cifra de setenta e um, que nunca pode ser ultrapassada. O que aconteceria se os setenta e um ainda se dividissem com um voto de maioria? Os magistrados rediscutirão para tentar ganhar, num sentido ou noutro, o voto que lhes falta. Se os partidários da sanção suprema não perfizerem trinta e sete, o acusado será libertado. Entre os judeus, não se condena à morte com a maioria de apenas um voto.

Três fileiras de "estudantes da Lei" mantinham-se sentados diante dos magistrados; cada um conhecia o seu lugar. Se fosse preciso investir alguém, investia-se aquele que estava sentado na primeira fileira; nesse caso, um estudante da segunda fileira passava para a primeira e um estudante da terceira para a segunda.

As três fileiras deveriam sempre estar cheias, para ocupar os vazios que se produzissem no final da última fileira...

Escolhia-se a pessoa mais competente dentre o público presente. E o último a chegar não se sentava no lugar do primeiro, mas no lugar que lhe correspondia.

Todo mundo deslocava-se, pois, de um lugar. Aquele que, vindo do público, ocupasse o posto do estudante, ocupava o último lugar. A ordem hierárquica permanecia intacta. O texto ainda o confirma outra vez: cada um dirigia-se ao lugar que lhe correspondia. Hierarquia rigorosa por si mesma, objetivamente; mas igualmente respeitada e conhecida por cada um, hierarquia subjetivamente reconhecida: "cada um conhecia o seu lugar." Ordem absoluta.

A *Mischná* está comentada. O que diz a *Guemará*?

Ela vai introduzir novas perspectivas na descrição da ordem que regia o *sanedrim*. Começa-se por uma questão. É uma questão corrente. Com efeito, quando uma mischná é enunciada por um tanaíta, mestre da *Mischná*, os *Amoraim* — os mestres da *Guemará* — podem, seja aceitar o ensinamento, viusto ele proceder de uma autoridade incontestável (aliás, ela é sempre contestada, mas permanece incontestável), seja buscar a fonte escritural da qual o mestre extrai o seu ensinamento. Sobre o que se apóia, dessa forma, a estrutura do *sanedrim* que acaba de nos ser ensinada?

É aqui que nosso amigo Rabi — que é meu amigo porque ele controla sempre (legitimamente) as minhas afirmações — perguntar-se-á, uma vez mais, se podemos extrair de um texto bíblico o que os rabinos do *Talmud* se esforçam por extrair. E o seu ceticismo habitual terá hoje, aparentemente, um triunfo fácil. À questão: "Onde se encontra isso?" — "De onde se sabe isso?" — "De qual versículo isso decorre?", uma estranha resposta será dada: o fundamento da instituição do *sanedrim* que acabamos de descrever e de comentar, segundo a *Mischná,* levará à situação de que, aparentemente, essa diligência apenas poderá atestar um espírito estreito, falso ou bizarro. Ao prender-se, à primeira vista, à letra do texto, numa antiga letra hebraica vai encontrar-se uma alusão que justificaria essa instituição. O que é particularmente inoportuno, no caso: o *sanedrim,* como seu nome indica, com toda a evidência, não remete a tradições estrangeiras e, principalmente, à civilização grega? De quanta ignorância sobre a história não se dá prova ao se procurar, numa forma cultural emprestada à Grécia, uma paternidade hebraica!

A menos que se atribuam aos talmudistas pontos de vista menos ingênuos: qualquer que seja a causalidade histórica e a filiação das idéias e das instituições – que sempre dissimulam a sua origem –, o que conta é a descoberta da convergência dos esforços espirituais da humanidade ou, o que conta – e isto é ainda mais provável, porém, não contradiz a primeira interpretação – é saber *com qual espírito esse empréstimo foi feito.* Por isso, encontrar um fundamento na letra de um passado que não é o seu, através de um empréstimo, para quem toma o empréstimo significa reatar uma tradição e formular, acima das semelhanças de estrutura, o sentido por ele atribuído àquilo que foi tomado de empréstimo. Qualquer que seja o canal da história pelo qual o sanedrim se instala em Israel, quaisquer que sejam as formas de sua existência histórica na sociedade do pré-exílio, o interessante é saber qual o sentido que lhe atribuem o pensamento e a sensibilidade judaicos nos quais, há vinte séculos, se pensa e se sente a noção de justiça e de verdade em torno dessa instituição.

Porém, mesmo que se admita a nossa interpretação do processo, que pretende fazer-nos remontar a um texto hebraico a fim de compreender o fundamento de uma instituição suspeita de helenismo, a natureza do texto escolhido para isso ainda nos surpreenderá. O sanedrim, com seu magnífico semicírculo que torna os rostos humanos presentes uns aos outros, com uma hierarquia perfeita que atesta uma ordem absoluta, objetiva e subjetiva, ver-se-á fundado através de um canto erótico, num versículo do *Cântico dos Cânticos*.

Com efeito, o *Cântico dos Cânticos* comporta uma interpretação mística, porém para olhos prevenidos – ou não prevenidos, porque a mística do *Cântico* não é uma mistificação –, ele é um texto erótico. O versículo ao qual a *Guemará* remete não pode deixar qualquer dúvida a esse respeito. Na minha opinião, é o ponto essencial de todas as leituras talmúdicas que hoje eu faço. Deleitemo-nos com esse paradoxo! A rigor, pode-se admitir que um texto erótico se aprofunde em direção a um significado místico. Encontramo-nos em face de uma empresa mais estranha: um texto erótico que funda um tribunal e uma justiça:

Rav Akha bar Hanina diz: nós aprendemos (o que tinha sido dito do sanedrim) do versículo 3 do cap. 7 do *Cântico dos Cânticos:* "Teu umbigo é como uma taça arredondada cheia de uma bebida perfumada; teu corpo é como um feixe de trigo cercado de rosas."

O versículo 3 do capítulo 7 do *Cântico dos Cânticos* anunciaria pois o *sanedrim.* Como? Não se trata, seguramente, de afirmar um elo direto entre a justiça e o amor. Isso seria um tanto fácil e um tanto superficial: a justiça seria fundada na caridade e a caridade no erótico. Essa não! Estarei antecipando minha conclusão? Não obstante, isso vai guiar a minha leitura. Talvez existe, para a justiça, um fundamento que se dá no controle da paixão. É numa ordem sumamente equívoca, como também no domínio ininterrupto exercido sobre essa ordem – ou desordem –, que se funda a justiça através da qual o mundo subsiste. Mas essa ordem, equívoca por excelência, é precisamente a ordem do erótico, o contexto da sexualidade.

A justiça só se torna possível caso ela triunfe sobre esse equívoco, tão cheio de graça e de charme e sempre próximo do vício. O perigo que espreita a justiça não é aquele da tentação da injustiça que adula o instinto de posse, de dominação e de agressividade. O perigo que a espreita é o vício, que no nosso mundo ocidental pertence ao domínio privado pessoal, que "não é da conta de ninguém" e que não se compromete, a acreditar-se na opinião das elites intelectuais, com a generosidade e a valentia daqueles que lutam "pelo progresso da justiça".

Efetivamente, o ensinamento que me sugeriu a referência ao *Cântico dos Cânticos* tem, há muito, defensores ilustres. Pensem na *Ressurreição*, de Tolstói, na qual importa enormemente saber o que fizeram e o que pensaram os magistrados e os jurados, na privacidade, para poder decidir segundo a sua consciência no tribunal. Como nosso texto, Tolstói quis que houvesse acordo entre a ordem do amor – suscetível de todos os vícios – e a ordem do espírito absoluto. E, na verdade, são a ordem do espírito absoluto e universal – na qual, porém, as pessoas apresentam umas às outras os seus rostos – e a hierarquia absoluta dessa ordem que estão representadas no sanedrim.

A partir daí, como justificar-se, então, a aproximação entre o *sanedrim* e o versículo erótico do *Cântico*? Assim como um versículo erótico pode assumir um sentido rigorista, o rigorismo deve "conservar" o perigo por ele ultrapassado? Neste ponto, intervem a maneira especial do *Talmud*. Deve-se entrar no seu jogo, que se faz cioso do espírito para além da letra, liberando, contudo, esse espírito a partir da letra, no caso, maravilhosa.

"Teu umbigo é como uma taça" diz o texto... Seria evidente que o umbigo significasse o sanedrim, porque o sanedrim assenta-se no umbigo do universo. Afirma-se, desse modo, o caráter central da justiça absoluta que, por definição, é fornecida pelo *sanedrim,* ou seja, a justiça da *Torá.* Assim, afirma-se o caráter ontológico dessa obra de justiça. Ao se falar de justiça em termos de erotismo, ultrapassou-se o erotismo dos termos, porém conservando, no seu sentido, uma relação essencial com o contexto ultrapassado.

Durante muito tempo eu sonhei com esse texto. Quando não se é especialista do *Talmud,* podem-se ter sonhos nos quais os outros é que têm idéias. Eu me dizia: como é bela essa imagem do umbigo do universo! A criatura foi suprimida de sua fonte nutritiva, porém o lugar em que se diz a justiça está no rastro da criação; a justiça que se faz recorda esta alimentação celeste. Eu estava contente por esse sonho. Por vezes eu me pergunto se foi apenas um sonho. Um amigo chamou-me à realidade e às noções correntes. Ele lembrou-me que a imagem de umbigo do mundo é grega e que nas *Eumênides,* de Ésquilo, Delfos é designado como o umbigo do universo.

Isso me fez reler as *Eumênides.* Fiquei muito sensibilizado e até entristecido: nessa obra que se lê na juventude, testemunho de um mundo que ignorava as Escrituras, encontrei uma elevação tal que me provou que tudo deve ter sido pensado desde sempre. Após haver lido as *Eumênides*, pode-se legitimamente perguntar o que ainda resta a ler. Uma luta opõe a justiça de Zeus à justiça das Eumênides, a justiça que perdoa à justiça da vingança implacável. Zeus é, desde sempre, o "deus dos suplicantes e dos perseguidos" e seu olho tudo vê. Decididamente, eu me aproximo do problema que debatemos.

O judaísmo é necessário ao mundo? Não podemos nos contentar com Ésquilo? Todos os problemas essenciais são ali abordados. As Eumênides não são derrotadas, a justiça-vingança não é banida pura e simplesmente. As Eumênides têm acentos admiráveis ao se indignarem contra esses jovens deuses generosos e "abertos", esquecidos da justiça rigorosa e que, desde logo, se parecem com todos esses rapagões que hoje em dia têm a caridade e a prescrição apenas nos seus lábios – amor, indulgência e perdão. Na sua grande sabedoria, Atena retém as Eumênides e atribui-lhes uma função na sua Cidade. Somente o voto dos homens pode desempatar os deuses antigos e os deuses novos, porém é pela igualdade de votos que o voto é alcançado. Ninguém pode rejeitar pura e simplesmente as deusas da vingança, e unicamente os homens – mortais e possíveis vítimas do mal – têm, neste caso, voz no debate. E Delfos é chamado o umbigo do mundo porque é nele que residem os deuses puros e justos que sabem interpretar a vontade de Zeus, um deus que nesta tragédia é um deus extremamente correto.

Nossa contribuição judaica ao mundo é, portanto, neste mundo, tão velha quanto ele mesmo. Desse modo, "Velho como o mundo", título que dei a este pequeno comentário, é uma exclamação, um grito de desalento. Nada haveria, pois, de inédito em nossa sabedoria! O texto das *Eumênides* é pelo menos cinco séculos mais antigo do que a Mischná que abre meu texto.

Contudo, é três séculos mais jovem do que os profetas da Bíblia. E esse foi o meu primeiro consolo.

Porém, abstração feita ao problema das prioridades, persiste um problema essencial. Nada haveria além da grande lição de humanismo helênico naquilo que se chama – abusivamente, talvez – a mensagem do monoteísmo? O *sanedrim* acredita ser o umbigo do mundo, mas toda nação crê-se no centro do mundo! A própria idéia de nação surge cada vez que um grupo humano acredite repousar no umbigo do mundo. Precisamente por isso é que ele se quer soberano e reivindica todas as responsabilidades. Onde está, então, a diferença entre Delfos e Jerusalém? Desconfiemos das antíteses fáceis e retóricas: nós, nós somos a justiça; eles, eles são a caridade; nós, nós amamos Deus; eles, eles amam o mundo. Nenhuma aventura espiritual é poupada às espiritualidades autênticas. Provavelmente, o helenismo é uma espiritualidade um tanto quanto autêntica, provavelmente. Tão estranho quanto isso possa parecer, é nas nuances das formulações, nas modulações da voz que enuncia, que se abrem os abismos que separam as mensagens. Afinal, eu não vim aqui para interpretar Ésquilo. Mas, retornando ao nosso texto e ao examiná-lo com um pouco mais de atenção – e com um pouco menos de desconfiança – talvez tenhamos a oportunidade de encontrar no sanedrim um aspecto ligeiramente diferente daquele que se obtém ao se contemplar os demais umbigos do mundo.

Que diz o texto?

"Teu umbigo", é o *sanedrim*. Em seguida, "uma taça". A palavra hebraica empregada para taça pelo *Cântico dos Cânticos* é agane. O talmudista vai requisitar esta palavra. Ele lerá em *agane, meguine*. Ora, *meguine* significa protege. Isso confirma, dessa maneira, que o umbigo indica o *sanedrim*. Não é verdade que o sanedrim protege o universo inteiro? Etimologia duvidosa talvez, mas certeza quanto ao fundo; significado universal do tribunal: ele protege o universo. O universo subsiste somente em função da justiça que se faz no *sanedrim*. O papel do judaísmo, do qual o sanedrim é o centro, é um papel universal, uma diaconia a serviço da totalidade do ser.

Uma "taça arredondada". A palavra hebraica sahar significa "lua crescente". O *sanedrim* assemelha-se à lua crescente. Alusão, se quisermos, à forma semicircular desse tribunal. Dessa forma, por essa palavra "arredondada" é que a disposição das cadeiras dos membros do sanedrim se fortifica. O que seria o caso de se demonstrar.

Resta a sequência do versículo: "cheia de bebida". O texto hebraico enuncia-se: *al yehessar hamezeg*, "não faltando líquido". Ainda uma alusão ao *sanedrim*, porque o *Talmud* diz: "se um dos membros for obrigado a ausentar-se, assegura-se que restem (em sessão) vinte e três, correspondendo ao pequeno sanedrim, sem o que ele não pode sair". A bebida que enche a taça arredondada exprime o regulamento interno da Assembléia. Eis o que ele prescreve no grande sanedrim de setenta e um membros: é preciso que uma permanência de vinte e três seja sempre assegurada. Os membros então podem ausentar-se para se entregar a suas ocupações privadas, mas "a bebida nunca deve faltar", ninguém pode dispor de sua pessoa enquanto o serviço público não for assegurado. Regulamento de funcionários. As obrigações em relação ao bem de todos não resultam de obrigações e direitos individuais, mas os antecedem. Há, desse modo, efetivamente, princípios sadios, e que os funcionários às vezes podem esquecer. Mas afora sua precocidade, este ensinamento não parece ser exclusividade de Israel.

Retornemos ao texto. Sempre com o cuidado de provar que o *sanedrim* dá cumprimento a um versículo bíblico, vamos comentar o final: "teu corpo é como um feixe de trigo":

Todo mundo beneficia-se do trigo; todo mundo acha um meio a seu critério de entender as considerações dos veredítos do *sanedrim*.

Pode-se legitimamente – segundo os princípios de exegese ocidental – duvidar de que a analogia entre o corpo da bem-amada e o sanedrim seja perfeita e convincente. Pouco importa. O quão é característica para o espírito judeu – mesmo popular – essa assimilação dos motivos lógicos de uma conclusão ao sabor de um alimento substancial. Quando vocês encontrarem uma nova lição do texto, um desses usuários habituais de velhos livros – e a vida de um talmudista é exclusivamente essa renovação incessante da letra através da inteligência –, lhes dirá que ela tem um bom sabor. A razão alimenta-se de idéias. As considerações razoáveis a motivarem um veredito é trigo do bom. O intelecto é vida.

Restam as últimas palavras do versículo: "cercado de rosas". O que há de mais poético do que esse "cercado de rosas"? O texto talmúdico interpreta em prosa:

Mesmo que a separação seja apenas uma cerca de rosas, eles não abrirão nenhuma brecha.

No entanto, isso não fica muito claro. O que dizem os comentadores? Dizem o seguinte: esses membros do *sanedrim* que têm entre suas mãos o destino do universo, o que fazem eles das suas próprias faltas, dos seus próprios vícios? Não estão eles expostos, como os próprios homens, a todas as tentações que são chamados a julgar? Não. Para serem juízes em Israel, é necessário homens excepcionais: mesmo quando estiverem separados do pecado apenas por uma cerca de rosas, eles jamais se aproveitarão de qualquer brecha. Eles dominam completamente os próprios instintos. Que o homem que julga outros homens deva ser melhor que os homens é uma exigência à qual não se poderia contrapor nenhuma meia-medida – mesmo que a exigência fosse utópica. Não obstante, a exigência possivelmente não é utópica: talvez uma civilização que não se compraza nas tentações, que não ame a tentação da tentação, por vezes consiga simplesmente vencer a tentação. Retornaremos dentro em pouco à estratégia dessa vitória. De todo modo, é pegar ou largar: o *sanedrim,* umbigo do mundo, só é possível com tal espécie humana. De outra forma, a justiça torna-se zombaria.

Uma cerca de rosas é uma cerca muito débil. Para afastar os magistrados do vício não é necessário construir-se um muro de pedras; basta plantar uma cerca de rosas. A cerca de rosas é tentadora por si mesma: a mão dirige-se espontaneamente para a flor. Uma sedução equívoca reside naquilo que nos separa do mal. Essa cerca é menos do que uma ausência de cerca. Quando nada há entre vocês e o mal, poder-se-ia deixar de atravessar a distância, porém quando há rosas – toda a literatura do mal, as flores do mal –, como resistir a elas? E no entanto, é assim que os membros do *sanedrim* estão separados do mal. Devo insistir? Todo o sentido do texto comentado por mim até agora explica-se por esse trecho final. Não há justiça caso os juízes não possuam virtude no sentido moral mais superficial do termo. Nesse caso, não pode haver separação entre a vida privada e a vida pública do juiz. É lá no reduto mais íntimo de sua vida privada, no jardim – ou no inferno – secreto de sua alma que se expande ou se altera a sua vida universal. Alma e espírito não constituem duas categorias distintas.

Então intervem – e isso era esperado – a objeção:

A esse propósito, diz um "mineano" a Rav Kahana...

Certamente, vocês haverão de observar esse "mineano", que provavelmente já era parisiense e cuja objeção é apimentada, assim como suas fórmulas já estão bem formuladas.

Vocês pretendem que durante o seu período impuro...

(Peço desculpas pela precisão, mas o *Talmud* diz todas as coisas com pureza).

...uma mulher interdita a seu marido tenha, contudo, o direito de isolar-se com ele; acreditam vocês. Pois, que possa haver fogo no linho sem que ele se queime?

Deixem-me explicar esta objeção. O *Levítico* enumera, num dado momento, as relações de parentesco que interditam as relações sexuais consideradas incestuosas. De acordo com a lei dos rabinos, é interdito até mesmo aos homens e às mulheres isolarem-se – mesmo que possa ser honradamente – com as pessoas que lhes são interditas. Ora, a mulher interdita a seu marido durante os seus períodos de impureza pode continuar a viver a sós com ele. Não se lhe obriga a mudar. Donde a objeção do "mineano".

Quem é esse "mineano"? Eu havia dito, devido à malícia de sua fórmula, que ele era parisiense. O termo – que é técnico – designa o saduceu, quer dizer, o Israelita que se apega apenas à letra dos textos e que recusa a exegese rabínica. Compreende-se a alfinetada dessa objeção dirigida contra a lição rabínica do *Levítico*. Porém, o termo "mineano" pode, de uma maneira geral, indicar qualquer um que recuse a exegese rabínica, mesmo aceitando a Bíblia juntamente com a recusa do saduceu: é a recusa cristã que sacode o jugo da Lei e as sutilezas dos fariseus. Não representaria, o nosso "mineano", a posição cristã? Ele teria dito a Rav Kahana: "Povo singular! À mulher interdita ao seu marido pela Lei, vocês permitem que se isole com ele. Vocês não se dão conta dos ardores da concupiscência. Em matéria de pecado existe apenas a alternativa do ascetismo monacal através do isolamento completo ou a de uma vida na qual tudo é permitido".

O que responde Rav Kahana?

A *Torá* testemunhou a nosso favor através de uma cerca de rosas, porque mesmo que a separação seja apenas uma cerca de rosas, eles não abrirão nela nenhuma brecha.

O texto testemunha por nós. É o seu próprio texto – o de vocês, saduceus, ou o de vocês, cristãos – que faz lembrar a cerca de rosas. Cerca que é o mais frágil obstáculo dentre os frágeis, o qual, como eu dizia há pouco, ao separar vocês do pecado convida-os a atravessá-lo: a *Torá* reconheceu, a nosso favor, uma relação com o mal simbolizada pela cerca de rosas. Ou, caso vocês queiram uma linguagem menos teológica, o judaísmo concebe que a humanidade do homem deve estar sujeita a uma cultura que o preserve do mal, ao separá-lo dele por uma simples cerca de rosas.

Mas é considerável o que estas linhas por mim comentadas trazem de novo em relação àquelas que as precedem: o que foi dito há pouco sobre o juiz agora é dito em relação a todo o povo judeu. Rav Kahana não mais fala do tribunal, ele fala do povo judeu: a exigência acima exigida dos membros do sanedrim é estendida a todo o povo judeu. Arnold Mandel dizia hoje de manhã: não há noção de massa na idéia que o povo judeu faz de si próprio. Todos pertencem – ou devem pertencer – à elite. A nossa passagem talmúdica está de acordo com Mandel. Mas nem por isso o judaísmo afirma qualquer orgulho nacional ou racial: ele ensina aquilo que, na sua opinião, é possível ao homem. E talvez seja por esse ensinamento que ele é necessário ao mundo. Em qualquer hipótese, o judaísmo é mais interessante do que a teologia monoteísta que o mundo tem assimilado sob os mais variados aspectos. Veremos que o nosso texto vai mais longe ainda: falta, todavia, meia-página para comentar. As coisas vão se aprofundar.

Porém, sublinhemos uma outra coisa também importante: a moral começa em nós e não nas instituições que não podem protegê-la para sempre. Ela exige que a honra humana saiba existir sem bandeira. Talvez o judeu é aquele que – considerando-se a história inumana que ele viveu – pode compreender a exigência sobre-humana da moral, a necessidade de encontrar em si a fonte de suas certezas morais. Sabe que ele está separado de sua própria decadência apenas por uma cerca de rosas. Ele sempre intui os espinhos sob essas rosas: seria preciso encontrar em si justamente a certeza de que essa cerca seja um obstáculo real.

Eis o que significa, portanto, – principalmente – a resposta de Rav Kahana: "essa cerca de rosas testemunha a nosso favor". Anuncia-se, no judeu, um homem de novo tipo. Ele agrega ao pretenso realismo, à pretensa lucidez do "mineano", alguma coisa que o mineano não entende. Nada de utópico, acreditem, por favor. Nas comunidades judias dos vilarejos exterminados por Hitler, na Europa oriental, homens e mulheres estavam separados do mal tão radicalmente que uma cerca de rosas era suficiente para sua pureza ou, caso vocês prefiram, contra ela nada poderia ser possível.

Comportaria este texto uma pitada de apologia? Por que não? Pergunto-me se jamais existiu, no mundo, um discurso que não fosse apologético; se o *logos* enquanto tal não é apologia, se a consciência original de nossa existência é uma consciência do Direito, se ela não é de antemão nada mais do que consciência das responsabilidades, se nós não somos acusados de antemão ao invés de entrarmos, confortavelmente e sem pedir perdão, tanto no mundo quanto na própria casa. Penso que seja qualquer coisa parecida o tentar ser-se judeu, que é uma coisa semelhante àquilo que merece ser chamado de ser humano.

Nosso texto traz ainda uma idéia importante: para o ser humano, o essencial é realizar e não inventar o ideal. Tomem o texto da *Eumênides* – se o li mal, que os humanistas presentes nesta sala reclamem. Trata-se, nesse texto, mais da questão de salvar o homem do desespero do que de melhorá-lo. O essencial, no nosso texto, é efetivar um ser humano que seja protegido contra a tentação por uma simples cerca de rosas. Observe-se, ao retomar a noção da cerca de rosas, o sentido que lhe é conferido pelo comentador Marchâa, ao qual me referi anteriormente. A cerca de rosas é, por si própria, sedução. A partir disso, pode-se compreender, então, a sua maneira de proteger da seguinte forma: o que é atraente, tentador e sedutor no mundo, exorta-nos à vigilância. Redobremos a atenção. Nada de complacência. Estejam alertas. Rigorismo.

Hoje de manhã, deplorava-se que tenhamos per-dido o contato com o mundo natural. Ora, todo ojudaísmo quis exatamente introduzir, entre a espontaneidade natural e a natureza, uma pausa para reflexão. Ah! O intelectualismo judaico! A cerca de rosas é a divisória mínima do rito que nos detém.

Pode-se ler o texto ainda de maneira diferente – muitos ensinamentos, sob a condição de que não sejam de mau gosto, são possíveis. O que nos detém não é absolutamente o jugo insuportável da Lei que amedrontava São Paulo, porém é uma cerca de rosas. A obrigação de seguir os mandamentos – as *mitzvot* – não é para nós uma maldição, ela traz consigo os primeiros perfumes do paraíso. Quero lembrar ainda André Spire e seu poema sobre o judeu que se chateia nos "lugares de prazer". O jugo da Lei é apenas uma cerca de rosas. Spire chegou a isso pelo simples testemunho da sua consciência, sem os textos. Mas de onde vem essa consciência? Através da força dos textos formulados e efetivados após gerações, tal consciência surgiu e sobreviveu durante certo tempo a suas fontes. Mas isso me conduz à alínea seguinte.

"Resch Laquisch diz"… Há pouco, Rav Kahana respondeu à questão do "mineano". Resch Laquisch tem outra resposta:

Pode-se responder a isso partindo-se do seguinte texto… [*Cântico dos Cânticos* (4, 3)]

Ainda é uma referência ao *Cântico dos Cânticos* (4, 3) e também a um verso de um poema erótico:

Tua têmpora (*rakotesch*) é como um pedaço de romã.

Não posso aquilatar o valor poético dessa metáfora. Mas eis o seu valor exegético, graças a um jogo de palavras: *rakotesch* (a têmpora), e *rekanim* (patifes).

Até os maiores patifes (*rekanim*) dentre vocês estão cheios de mitsvot (de mandamentos cumpridos), como uma romã.

Resch Laquisch dá-lhes uma resposta sobre a questão nascida no espírito de vocês enquanto escutavam o elogio desses homens que estão protegidos da tentação por uma cerca de rosas. Como tais homens se fazem realidades? Através do método das *mitzvot*. A originalidade do judaísmo consiste em ater-se à maneira de ser sobre a qual falará, muito melhor que eu, Léon Aschkenazi: nas mínimas ações práticas, havendo um tempo de pausa entre nós e a natureza ao cumprir-se uma *mitzvá*, um mandamento. A interiorização pura e simples da Lei é tão somente a sua abolição.

A palavra de Resch Laquisch não tem outro sentido. É evidente que, sob pena de acreditar-se em qualquer excelência racial do judaísmo ou no mérito da pura graça, é preciso afirmar, com Resch Laquisch e com o judaísmo: para que exista justiça, é preciso que haja juízes que resistam à tentação, é preciso uma coletividade que pratique as *mitsvot* aqui e agora. O efeito retardatário das *mitzvot* praticadas no passado não poderia durar eternamente.

O fato de que o simples dado da raça não é uma garantia contra o mal, o *Talmud* o viu e disse-o melhor do que ninguém e com uma violência apenas tolerável: o homem judeu sem *mitzvot* é uma ameaça para o mundo. O tratado Betsa 25 b nos ensina que a *Torá* foi dada ao povo mais duro que existe e que, caso não lhe tivesse sido dada — ou caso o povo judeu a perdesse —, nenhum povo no mundo poder-lhe-ia resistir. Uma visão anti-semita no *Talmud:* isso não deixa de ter o seu sabor! Contra os povos sem defesa, o judeu invasor! O único obstáculo a essa ascensão irresistível: a *Torá.* Texto que, sem dúvida, é admiravelmente lúcido quanto à ambiguidade incontornável do humano em geral e que talvez faz eco àquele de Cícero (*Tusculanes* IV, 37), no qual Sócrates, cujo rosto pareceu a Zopirus testemunhar todos os vícios, confessava, malgrado o espanto de todos, ter vindo ao mundo com todos os vícios refletidos no seu rosto, porém que tinha se libertado deles pela razão. Contudo, também se trata de um texto sem ilusões quanto à qualidade dos cromossomos judaicos. "O judeu por entre os homens, assim como o cão por entre os animais", não como um leão! "Como um galo por entre as aves", não como uma águia! Se o compararmos às árvores, é como uma árvore que sabe agarrar-se aos rochedos! Que vitalidade! Que proliferação! Por isso é que deu-se-lhe a *Torá. Torá* de fogo, a única capaz de fatigar essa vitalidade invasora. E quando a passagem talmúdica que hoje comento tem a ousadia de afirmar "que os mais completos patifes dentre vocês estão cheios de *mitzvot,* como a romã está cheia de grãos", isso ocorre porque se supõe que o poder dessas *mitzvot* – e o seu poder de penetração na alma, bem como a história que submeteu Israel a elas, e acima de tudo a violência da vontade que, no Sinai, soube decidir-se pelas *mitzvot* – é mais forte do que todos os poderes do mal e da vulgaridade, sem dúvida comuns aos judeus e à humanidade na medida em que nos mantenhamos no plano "puramente natural". Entretanto, o *Talmud* não pensa que os judeus sejam mais cães ou mais galos do que os outros, mesmo que, espontaneamente, ele seja levado, como Sócrates, a julgar severamente a sua própria natureza (o judeu é menos seguro de si do que se pensa). O privilégio de Israel não se encontra na sua raça, mas nas *mitzvot* que o educam.

O efeito das *mitzvot* seguramente sobrevive ao seu exercício. Mas, como já disse, não indefinidamente.

Portanto, o que o judaísmo agrega ao mundo não é a generosidade fácil do coração, nem visões metafísicas inéditas e imensas, mas sim um modo de existência guiado pela prática das *mitzvot*. Ao menos esta é a resposta de Resch Laquisch.

Mas existe uma terceira resposta ao problema colocado pelo "mineano", ao qual – vocês podem observar – três sábios do *Talmud* respondem em épocas diferentes. Todos buscam um texto que ateste a excelência de Israel e que explique, através dele, a sua possibilidade de resistir às tentações.

Rav Zera diz: isso pode ser deduzido do texto a seguir [(*Gênese*, 27, 27)]...

Eis aqui o primeiro rabi que abandona o *Cântico dos Cânticos* para levar-nos ao famoso texto da *Gênese,* no qual Jacob, sob as vestes de seu irmão, vem apoderar-se pela astúcia da benção destinada a Esaú. Cego, Isaac respira o odor das vestes de seu filho Esaú usadas por Jacob e exclama:

O odor das vestes de meu filho é como o odor de um campo regado pelo Senhor (*Gênese* 27, 27).

E os comentadores acrescentam: não é o odor das vestes de Esaú que trazem o odor do Paraíso, é a chegada de Jacob. Quanto às vestes, basta ler a palavra *begadav*: as suas vestes, como *bogdav*: os seus rebeldes. Jacob carregava dentro de si todos aqueles que, na sua posteridade, revoltar-se-ão contra a Lei – e, contudo, isto foi incenso para as narinas de Isaac. Nós reencontramos, parece, a idéia de há pouco: os menos dignos por entre os israelitas estão cheios de mérito, assim como a romã está cheia de grãos.

Contudo, penso que o tema do travesti aqui é essencial e que a resposta de Rav Zera abre-nos nova perspectiva sobre a excelência de Israel, sobre a excelência humana capaz de preservar-se contra a falta, o vício, a tentação. Ao vestir a veste do violento Esaú, Jacob não endossa as responsabilidades do seu irmão? Como preservar-se do mal? Assumindo uns a responsabilidade dos outros. Os homens não estão apenas, e na sua última essência, como pessoas "para si", mas "para os outros", sendo que em relação ao "para os outros" deve-se pensar com agudeza. Direi duas palavras aos filósofos presentes nesta sala, quer dizer, para todo mundo. Nada me é mais estranho do que o outro, nada me é mais íntimo do que eu a mim-mesmo. Israel ensinaria que a derradeira intimidade de mim para comigo-mesmo consiste em ser a todo momento responsável pelos outros, refém dos outros. *Eu posso ser responsável pelo que não cometi e assumir uma miséria que não é a minha.*

O talmudista o diz jogando com as palavras: as suas vestes: *begadav*, os seus rebeldes: *bogdav*. Isaac sentiu por antecipação todos os rebeldes que se manifestariam a partir de Jacob. Porém, Jacob já trazia dentro de si o peso de toda essa rebelião. O perfume do paraíso é Jacob carregar o peso de tudo aquilo que não teria cometido e que os outros tinham cometido. Para que o mundo humano seja possível – a justiça, o *sanedrim* –, é preciso que se encontre, a todo momento, alguém que possa ser responsável pelos outros. Responsável! A famosa liberdade finita dos filósofos é a responsabilidade por aquilo que eu não cometi. Condição da criatura. Responsabilidade que Job, ao buscar no seu próprio passado, irrepreensível, não soube descobrir. "Onde estavas quando Eu criei o Mundo?", pergunta-lhe o Eterno. Tu és um eu. Seguramente. Na verdade, início, liberdade. Mas livre tu não és, em princípio, absolutamente. Tu chegas depois de muitas coisas e de muitas pessoas. Tu não és apenas livre, tu és solidário acima da tua liberdade. Tu és responsável por todos. Tua liberdade é também fraternidade.

Responsabilidade pelas faltas que não se cometeu, responsabilidade pelos outros. A história relativa a Rav Zera, da qual se ocupa agora o nosso texto – e que tem um ar de história piedosa, mas que é maravilhosa no nosso contexto – confirma a leitura que acabamos de fazer sobre a resposta de Rav Zera:

A esse propósito conta-se: patifes habitavam ao redor da vizinhança de Rav Zera...

Eram os seus próximos.

Ele os aproximava de si a fim de que assim eles fizessem *Teschuvá*. Os sábios se irritavam com isso...

Sem dúvida pensavam que a dignidade de doutor da *Torá* devia proibir tais freqüências, visto que elas arriscavam-se a comprometer, aos olhos do público, a dignidade da *Torá;* ou talvez pensassem que a iniciativa de Rav Zera não teria sucesso.

Mas ele continuava a freqüentar esses patifes...

Sem dúvida, ele se sentia responsável por essas pessoas, sem dúvida ele considerava ser seu dever agir sobre as liberdades alheias, indeclináveis e distintas. E, não obstante, a liberdade indeclinável cede, por vias misteriosas, a uma liberdade indeclinável que deseja absolutamente e até a morte substituir-se ao outro – ao seu erro e à sua miséria:

Quando Rav Zera morreu, os patifes disseram-se: até agora o pequeno-homem-de-coxas-queimadas orava por nós. Quem vai orar por nós agora? Eles refletiram e fizeram *Teschuvá.*

É preciso, com certeza, explicar porque Rav Zera era um pequeno homem de coxas queimadas. Esta digressão não vai nos afastar do tema que nos preocupa. O *Talmud* (*Baba Metsia*, 85 a) conta que Rav Zera, que tinha sido formado nas academias talmúdicas da Babilônia, ao vir à Terra Santa foi atingido pelo estilo de estudo totalmente diferente que lá reinava: os babilônios estavam habituados à discussão; eles atacavam, apresentavam questões, colocavam em dificuldade os seus mestres e os seus interlocutores. Na Terra Santa, a palavra do mestre, tal como um discurso magistral, fluía absolutamente só, os alunos contentavam-se em anotar. Foi necessário um jejum de cem dias a Rav Zera para obter a graça de esquecer o método babilônio e assim acostumar-se ao método da Terra Santa.

Tinha razão? Pode-se duvidar, tanto mais que Rav Zera não tinha incomodado ninguém por esse desejo de conformismo, embora ele tenha pecado contra o espírito e não contra as almas. Houve um segundo jejum: Rav Eliezer, chefe da comunidade, encarregado de todos os problemas da vida coletiva, estava prestes a morrer e Rav Zera sabia que caberia a ele continuar essa existência administrativa no caso da morte de Rav Eliezer. Então ele jejuou outros cem dias para que Rav Eliezer não morresse e, dessa forma, que o fardo das obrigações da administração não viessem a comprometer os seus próprios estudos. Penso que tal egoísmo de intelectual, essa recusa praticada por um filósofo quanto à obrigação de ser rei, merece uma sanção tanto na Cidade talmúdica quanto na Cidade platônica, mesmo que tal egoísmo devesse tirar Rav Eliezer das mãos da morte. Mas a sanção, estendendo-se talvez aos dois jejuns, foi-lhe infligida após o terceiro. Pois ocorreu um terceiro jejum de cem dias – desta vez motivado por um projeto quimérico que jamais teria ocorrido ao espírito das Eumênides.

152

Rav Zera queria que o fogo do inferno jamais pudesse atingí-lo. Muito perto do sucesso, sentava-se ele ao lado de um fogareiro sem que as chamas o tocassem. Exceto no dia em que os doutores do Talmud, seus colegas, foram observá-lo. No momento em que eles o fixaram, o fogo redobrou seu poder sobre Rav Zera e queimou suas coxas, e como ele era baixinho, foi apelidado de "pequeno homem das coxas queimadas". Acho que, quando os olhos de nossos colegas nos fixam, o fogo do inferno sempre redobra o seu poder sobre nós. Acho também que os doutores do *Talmud* opunham-se às práticas que roçavam os direitos do inferno: porque, quaisquer que sejam aqueles da caridade, é preciso, por toda eternidade, prever e guardar aquecido um lugar para Hitler e os hitleristas. Sem um inferno para o mal, nada mais no mundo teria sentido. Penso, sobretudo, que perfeição e salvação pessoais são, apesar de sua nobreza, ainda uma forma de egoísmo, e que a pureza do homem, protegida pela cerca de rosas contra o mal, não é um fim em si mesma. Porém, no texto comentado aqui, Ravi Zera tenta evitar o inferno para os outros e – por outro caminho além do jejum – para aqueles homens que provavelmente não são hitleristas. Aqueles, sim, podem encontrar o caminho para o retorno caso alguém tome sobre si a sua miséria e o seu erro. No mundo não estamos livres diante dos outros e nem somos simplesmente suas testemunhas. Nós somos seus reféns. Noção através da qual, acima da liberdade, o *eu* se define. Rav Zera coloca-se como responsável por todos aqueles que não são Hitler. Talvez haja aqui alguma coisa que não se encontra em Ésquilo.

O homem refém de todos os outros é necessário aos homens, visto que sem ele a moral não começaria em parte alguma. A pouca generosidade que se produz no mundo não o deixa por menos. O judaísmo ensinou-o. Sua exposição à perseguição talvez seja apenas o cumprimento desse ensinamento – cumprimento misterioso, visto que se dá a despeito daqueles que o cumprem.

À guisa de conclusão, coloco apenas o final do nosso texto. A condição que confere um sentido a tudo aquilo que acaba de ser dito é a existência da ordem e a certeza subjetiva dessa existência.

Três fileiras de estudantes etc. Abbayé disse: disso decorre que quando um se deslocava, todos se deslocavam...

Todos. Nós o compreendemos desde o início. Quando alguém se encontra na fileira dos estudantes e depois sobe para tomar lugar entre os juízes, o primeiro lugar na fileira se encontra vazio, todo mundo se deslocando de um lugar. O número um da segunda fileira se encontrará assim no último lugar da primeira fileira. Muito bem, isso pode ocasionar-lhe fazer alguma coisa! Ele foi o primeiro na sua cidade, êi-lo o último em Roma. Os latinos não hesitavam: vale mais ser o primeiro na sua cidade. E pode-se compreendê-los muito bem: o que mais se procura em nosso mundo senão o reconhecimento dos seus semelhantes, que por sua vez procuram o reconhecimento de vocês. Alguns afirmam-se em relação aos outros. Distribuição contingente! Classificação na qual ninguém tem lugar real. No *sanedrim,* a ordem não é relativa. É lembrado àquele que se encontra no final da fileira superior que ele vale mais caso se encontre no final de uma fileira de leões do que à testa de um bando de raposas. Os homens encontram o seu lugar no mundo em relação ao Lugar absoluto, em relação ao *Makom.*

AS LIÇÕES DE QUATRO LIÇÕES

Publicadas em 1968, as *Quatro Leituras Talmúdicas* apresentam o conjunto das conferências proferidas por Emmanuel Lévinas no âmbito do Colóquio de Intelectuais Judeus de Língua Francesa, entre 1963 e 1965.

O autor faz referência aos textos talmúdicos, sem que isso tome a forma de um ato religioso ou de uma leitura que "se limitaria à piedade em relação a um passado *caro mas que perdeu sua validade*". Pois, segundo ele, o *Talmud* comporta uma dimensão universal e constitui uma "fonte eminente dessas experiências das quais se alimentam os filósofos". Lévinas reconhece nas letras hebraicas uma fonte outra que os textos gregos para o pensamento filosófico ; ele insiste sobre a necessidade de um questionamento incessante dos textos para desvelar suas significações. Não se trata de apego a um particularismo qualquer e sim de descobrir aí um pensamento que concerne o humano.

Assim, a partir dos textos talmúdicos, extraídos quase exclusivamente da Hagadá, Lévinas fomula reflexões sobre o perdão, a aceitação da Lei, o sentido do ser, Israel como terra prometida. Tais questões dão lugar a reflexões sobre o sentido do humano propriamente dito ou a responsabilidade pelo outro, sobre a liberdade que começaria na não-liberdade, sobre o fazer e o entender.

Deparamo-nos assim com questões que fazem parte do próprio âmago do pensamento do autor em sua busca do humano, ou seja, o diálogo entre duas fontes do pensamento : Atenas e Jerusalém. Nesse espírito e no de seus ensinamentos é que as lições das quatro lições se dirigem a um público, hoje de largas proporções, interessado intelectual e existencialmente nas discussões e questionamentos do humano e sua condição.

Tamara Landa

FILOSOFIA NA PERSPECTIVA

O Socialismo Utópico ♦ Martin Buber (D031)
Filosofia em Nova Chave ♦ Susanne K. Langer (D033)
Sartre ♦ Gerd A. Bornheim (D036)
O Visível e o Invisível ♦ M. Merleau-Ponty (D040)
Linguagem e Mito ♦ Ernst Cassirer (D050)
Mito e Realidade ♦ Mircea Eliade (D052)
A Linguagem do Espaço e do Tempo ♦ Hugh M. Lacey (D059)
Estética e Filosofia ♦ Mikel Dufrenne (D069)
Fenomenologia e Estruturalismo ♦ Andrea Bonomi (D089)
A Cabala e seu Simbolismo ♦ Gershom Scholem (D128)
Do Diálogo e do Dialógico ♦ Martin Buber (D158)
Visão Filosófica do Mundo ♦ Max Scheler (D191)
Conhecimento, Linguagem, Ideologia ♦ Marcelo Dascal (org.) (D213)
Notas para uma Definição de Cultura ♦ T. S. Eliot (D215)
Dewey: Filosofia e Experiência Democrática ♦ M.N. C. Pacheco Amaral (D229)
Romantismo e Messianismo ♦ Michel Löwy (D234)
Correspondência ♦ Walter Benjamin e Gershom Scholem (D249)
Isaiah Berlin: Com Toda a Liberdade ♦ Ramin Jahanbegloo (D263)
Existência em Decisão ♦ Ricardo Timm de Souza (D276)
Metafísica e Finitude ♦ Gerd A. Bornheim (D280)
O Caldeirão de Medéia ♦ Roberto Romano (D283)
George Steiner: À Luz de Si Mesmo ♦ Ramin Jahanbegloo (D291)
Um Ofício Perigoso ♦ Luciano Canfora (D292)
O Desafio do Islã e Outros Desafios ♦ Roberto Romano (D294)
Adeus a Emmanuel Lévinas ♦ Jacques Derrida (D296)
Platão: Uma Poética para a Filosofia ♦ Paulo Butti de Lima (D297)
Ética e Cultura ♦ Danilo Santos de Miranda (D299)
Emmanuel Lévinas: Ensaios e Entrevistas ♦ François Poirié (D309)
Preconceito, Racismo e Política ♦ Anatol Rosenfeld (D322)
Razão de Estado e Outros Estados da Razão ♦ Roberto Romano (D335)

Lukács e Seus Contemporâneos ◆ Nicolas Tertulian (D337)
Homo Ludens ◆ Johan Huizinga (E004)
Gramatologia ◆ Jacques Derrida (E016)
Filosofia da Nova Música ◆ T. W. Adorno (E026)
Filosofia do Estilo ◆ Gilles Geston Granger (E029)
Lógica do Sentido ◆ Gilles Deleuze (E035)
O Lugar de Todos os Lugares ◆ Evaldo Coutinho (E055)
História da Loucura ◆ Michel Foucault (E061)
Teoria Crítica I ◆ Max Horkheimer (E077)
A Artisticidade do Ser ◆ Evaldo Coutinho (E097)
Dilthey: Um Conceito de Vida e uma Pedagogia ◆ M.N.C.P. Amaral (E102)
Tempo e Religião ◆ Walter I. Rehfeld (E106)
Kósmos Noetós ◆ Ivo Assad Ibri (E130)
História e Narração em Walter Benjamin ◆ Jeanne Marie Gagnebin (E142)
Cabala: Novas Perspectivas ◆ Moshe Idel (E154)
O Tempo Não-Reconciliado ◆ Peter Pál Pelbart (E160)
Jesus ◆ David Flusser (E176)
Avicena: A Viagem da Alma ◆ Rosalie Helena de S. Pereira (E179)
Nas Sendas do Judaísmo ◆ Walter I. Rehfeld (E198)
Cabala e Contra-História: Gershom Scholem ◆ David Biale (E202)
Nietzsche e a Justiça ◆ Eduardo Rezende Melo (E205)
Ética contra Estética ◆ Amelia Valcárcel (E210)
O Umbral da Sombra ◆ Nuccio Ordine (E218)
Ensaios Filosóficos ◆ Walter I. Rehfeld (E246)
Filosofia do Judaísmo em Abraham Jôshua Heschel ◆ Glória Hazan (E250)
A Escritura e a Diferença ◆ Jacques Derrida (E271)
Mística e Razão: Dialética no Pensamento Judaico ◆ Alexandre Leone (E289)
A Simulação da Morte ◆ Lúcio Vaz (E293)
Judeus Heterodoxos: Messianismo, Romantismo, Utopia ◆ Michael Löwy (E298)
Estética da Contradição ◆ João Ricardo Carneiro Moderno (E313)
Pessoa Humana e Singularidade em Edith Stein ◆ Francesco Alfieri (E328)
Ética, Responsabilidade e Juízo em Hannah Arendt ◆ Bethania Assy (E334)
Arqueologia da Política: Leitura da República Platônica ◆ P. Butti de Lima (E338)
A Presença de Duns Escoto no Pensamento de Edith Stein ◆ F. Alfieri (E340)
Ensaios sobre a Liberdade ◆ Celso Lafer (EL038)
O Schabat ◆ Abraham J. Heschel (EL049)
O Homem no Universo ◆ Frithjof Schuon (EL050)
Quatro Leituras Talmúdicas ◆ Emmanuel Levinas (EL051)
Yossel Rakover Dirige-se a Deus ◆ Zvi Kolitz (EL052)
Sobre a Construção do Sentido ◆ Ricardo Timm de Souza (EL053)
A Paz Perpétua ◆ J. Guinsburg (org.) (EL055)
O Segredo Guardado ◆ Ili Gorlizki (EL058)

Os Nomes do Ódio ♦ Roberto Romano (ELO62)

Kafka: A Justiça, O Veredicto e a Colônia Penal ♦ R. Timm de Souza (ELO63)

Culto Moderno dos Monumentos ♦ Alois Riegl (ELO64)

O Islã Clássico: Itinerários de uma Cultura ♦ Rosalie H.S. Pereira (org.)(PERS)

A Filosofia do Judaísmo ♦ Julius Guttmann (PERS)

Averróis, a Arte de Governar ♦ Rosalie Helena de Souza Pereira (PERS)

Testemunhas do Futuro ♦ Pierre Bouretz (PERS)

Na Senda da Razão: Filosofia e Ciência no Medievo Judaico (PERS) ♦ Rosalie Helena de Souza Pereira (org.) (PERS)

O Brasil Filosófico ♦ Ricardo Timm de Souza (KO22)

Diderot: Obras I – Filosofia e Política ♦ J. Guinsburg (org.) (TO12-I)

Diderot: Obras II – Estética, Poética e Contos ♦ J. Guinsburg (org.) (TO12-II)

Diderot: Obras III – O Sobrinho de Rameau ♦ J. Guinsburg (org.) (TO12-III)

Diderot: Obras IV – Jacques, o Fatalista, e Seu Amo ♦ J. Guinsburg (org.) (TO12-IV)

Diderot: Obras V – O Filho Natural ♦ J. Guinsburg (org.) (TO12-V)

Diderot: Obras VI (1) – O Enciclopedista – História da Filosofia I ♦ J. Guinsburg e Roberto Romano (orgs.) (TO12-VI)

Diderot: Obras VI (2) – O Enciclopedista – História da Filosofia II ♦ J. Guinsburg e Roberto Romano (orgs.) (TO12-VI)

Diderot: Obras VI (3) – O Enciclopedista – Arte, Filosofia e Política ♦ J. Guinsburg e Roberto Romano (orgs.) (TO12-VI)

Diderot: Obras VII – A Religiosa ♦ J. Guinsburg (org.) (TO12-VII)

Platão: República – Obras I ♦ J. Guinsburg (org.) (TO19-I)

Platão: Górgias – Obras II ♦ Daniel R. N. Lopes (intr., trad. e notas) (TO19-II)

Protágoras de Platão – Obras III ♦ Daniel R. N. Lopes (intr., trad. e notas) (TO19-III)

Hegel e o Estado ♦ Franz Rosenzweig (TO21)

Descartes: Obras Escolhidas ♦ J. Guinsburg, R. Romano e N. Cunha (orgs.) (TO24)

Spinoza, Obra Completa I: (Breve) Tratado e Outros Escritos ♦ J. Guinsburg; N. Cunha e R. Romano (orgs.) (TO29)

Spinoza, Obra Completa II: Correspondência Completa e Vida ♦ J. Guinsburg; N. Cunha e R. Romano (orgs.) (TO29)

Spinoza, Obra Completa III: Tratado Teológico-Político ♦ J. Guinsburg; N. Cunha e R. Romano (orgs.) (TO29)

Spinoza, Obra Completa IV: Ética e Compêndio de Gramática da Língua Hebraica ♦ J. Guinsburg; N. Cunha e R. Romano (orgs.) (TO29)

Comentário Sobre a República ♦ Averróis (T30)

Lessing: Obras ♦ J. Guinsburg (org.) (T34)

Políbio (História Pragmática) ♦ Breno Battistin Sebastiani (T35)

As Ilhas ♦ Jean Grenier (LSC)

Este livro foi impresso na cidade de Cotia,
pela MetaSolutions em 2017,
para a Editora Perspectiva.